講談社文庫

浜村渚の計算ノート　10さつめ

ラ・ラ・ラ・ラマヌジャン

青柳碧人

講談社

イラスト

浜村渚の計算ノート 10さつめ

ラ・ラ・ラ・ラマヌジャン

目次

主な登場人物

警視庁　黒い三角定規・特別対策本部とその仲間たち

浜村渚《はまむらなぎさ》

千葉の市立中学に通う数学の得意な二年生の女の子。警察に協力して、数学テロ組織「黒い三角定規」の起こす事件の解決を手助けする。

武藤龍之介《むとうりゅうのすけ》

警視庁に設置された「黒い三角定規・特別対策本部」所属の刑事。数学はまったくの苦手。この本のストーリーテラー。

瀬島直樹《せじまなおき》

「黒い三角定規・特別対策本部」所属の刑事。海外留学経験があってエリート意識を持ち、いつも偉そうな態度。数学は苦手。

大山《おおやま》あずさ

「黒い三角定規・特別対策本部」に所属する女性刑事。沖縄出身でのんびり屋だが、琉球空手の使い手で男勝り。数学は大の苦手。

錦部春美《にしきべはるみ》

民間から抜擢されて「黒い三角定規・特別対策本部」に所属することになったコンピュータ担当。情緒不安定で、竹刀でそこらじゅうを叩きまくる癖がある。

尾財拓弥《おざいたくや》

警視庁鑑識課第23班のリーダー。後ろ髪をだらしなく伸ばし、態度も口調もガラが悪いが、鑑識の腕は超一流。

伏川真輝《ふしかわまさき》

警視庁機動隊第17部隊（通称・桜田門ジュラルミンボーイズ）のリーダー。ヘアスタイルにこだわりがあるらしく、ヘルメットをぎりぎりまでかぶらない。

竹内《たけうち》本部長　「黒い三角定規・特別対策本部」をまとめる本部長。

数学テロ集団「黒い三角定規」関係

ドクター・ピタゴラス　本名・高木《たかぎ》源一郎《げんいちろう》。文部科学省が義務教育から数学を削除したことに異を唱え、協力者とともに様々なテロ活動を行う。

キューティー・オイラー　本名・皆藤《かいどう》ちなみ。対策本部を最も翻弄してきた黒い三角定規の若き幹部。一度は逮捕されたが、東京拘置所から逃走、再び黒い三角定規に加わっている。

リン・チョーソー、リン・コージュ　本名・長多良《ながたら》れいな、溝輪《みぞわ》しおり。〈かしわいろどり図書館〉の元司書。理系科目排斥政策のあおりを受け、二人が熱心に収集していた理系図書を焼かれてしまったため、黒い三角定規に身を投じた。

ケイローン・ギブズ　本名・岩道乙矢《いわみちおとや》。砧文理大学工学部機械開発科の元教授。流鏑馬《やぶさめ》を習得している。工学部閉鎖反対運動を行っていたがかなわず、その後、姿を消した。

ラマヌ・ジャスミン　黒い三角定規のインド数学担当大臣を自称。ドクター・ピタゴラスをして「天才」と言わしめる才能を持ち、渚たちに難問を投げ掛けてくる。

log10.
『九章めの真実』

√1　ケイデン何歩？

僕と大山《おおやま》あずさ、瀬島直樹《せじまなおき》の三人が、千葉県柏《かしわ》市の某所に到着したのは、午後一時をすぎたころだった。

レインボーの色彩を持つ七階建ての円柱状の建物。上に行くにしたがって幅は狭まり、円柱というよりは細長いプリンといった感じだ。規制テープの貼られた向こうには、警察関係者がうろうろしている。

いすが固定された星形の野外テーブルに資料を広げて眺めている若い女性刑事がいた。腕章からすると、彼女がこの現場の指揮を執っているらしい。

「おつかれさまです。警視庁の『黒《くろ》い三角定規《さんかくじょうぎ》・特別対策本部』の者です」

話しかけると、彼女は顔を上げた。

「あれ？」大山あずさがその顔を指さした。「会ったことあるよね。たしか……」

「木下朝香《きのしたあさか》です」

黒縁眼鏡を右手の人差し指で押さえながら、彼女は答える。

「浜村渚《はまむらなぎさ》さんをみなさんのもとに初めてお連れしました」

「ああ、やっぱりそうだ！」

僕も彼女の顔をようやく思い出していた。

長野県の『四色問題連続殺人事件』――黒い三角定規が初めて起こしたあの事件にまったく手が出なかった僕たちのもとに、救世主たる中学二年生の女の子を初めて連れてきたのが、この木下という女刑事だったのだ。

「現場で指揮を執るほど偉かったのかよ？」

どこまでも無礼な瀬島のほうに木下は顔を向け、表情を緩めた。

「浜村渚さんのおかげです。彼女が次々とテロ事件を解決していることは千葉県警内でもよく話題になり、警視庁に紹介した私の株は上がり、二階級特進を果たしました」

浜村渚はいろんなところで人に影響を与えている。微笑《ほほえ》ましく思う僕の横で、

「オーマイガッ！」

瀬島が両手を天に向かって突き上げる。

「武藤《むとう》は表彰されるし、こいつは二階級特進だと？　なんで俺には何にもないんだ。

誰があいつの宿題を肩代わりしてやってると思ってるんだ！」

「うるさいよ」大山が瀬島の頭をはたいた。

「犯人たちは？」

僕は気を取り直して訊《たず》ねる。

「はい。相変わらず中に立てこもっていて動きはありません。人数も十数人いる模様です。こちらを見てください」

木下が僕に手渡してきたのは、図書館の周辺図だった。上から見ると見事に円形だ。僕たちのいる星形の屋外テーブルも描かれていて、まっすぐ行けばエントランスだ。『市民の憩いの場』の一角にあるらしく、図書館より北には児童公園がある。

「ここに池がありますよね」

木下刑事は図書館の南西方向の〝『〟のような形を指さした。「池」と書いてある。

「この近くに建物を縦に貫く非常階段があります。この非常階段から侵入できないかと思ったのですが、バリケードが張られていて難しいようです。やはりエントランスを破って入るしかないでしょうか」

「あまり手荒なことをしたら人質の命が危ないかもしれないですからね」

僕は腕を組んだ。とにかく向こうから何かアクションがなければ……それとも、あの犯行声明の問題を解かないとそれも起こしてくれないだろうか。

「ところで、渚は？」大山が木下に訊ねる。

「はい。一時間ほど前、千葉市内の中学校でピックアップしたと連絡がありましたので、もうそろそろ到着するかと」

「そうか。渚がこないと何にもはじまらないもんね」

僕はうなずきながら、カバンの中からタブレット端末を取り出す。そして、とあるアプリを起動させた。

『Trick Track』——若者を中心に流行《はや》っている、ショート動画アプリだ。あの不可解な謎を解けるのは、やっぱり浜村渚しかいない。

僕はふたたび、レインボー柄の建物を見上げる。かしわいろどり図書館。地下二階、地上七階建てのこの建物に、今回の相手は人質を取って立てこもっている。

Σ

『Trick Track』にその映像が投稿されたのは、今日の午前十時三十分のことだった。

じゃーんという銅鑼《どら》の音と共に、三角定規が二枚重なった、かの組織のシンボルマークが一秒だけ映されたかと思うと、本棚と床が現れた。本棚の中に本は数冊しかなく、床には三角形の緑色の板がある。

「ニイハオ!」「ニイハオ!」

両脇から、二人の若い女性が登場する。身長差があり、高いほうは緑色のチャイナドレス、低いほうは赤いチャイナドレスを着ている。目じりに青い化粧を施していて、目つきが鋭く見える。

「私の名前はリン・チョーソー」

緑のほうが言うと、

「私の名前はリン・コージュ」

赤いほうが応じる。なんとなく中国人っぽい名前だが、話し口調は日本人だ。二胡《にこ》の調べに乗って、二人は踊りながら歌いはじめた。

「わたしのケイデン、コーは十二歩」

リン・チョーソーが板の一辺をなぞるように動き、

「あなたのケイデン、セイジューは二十一歩」

リン・コージュがそれに続く。

「わたしのケイデン、わたしのケイデン、何歩？」

「あなたのケイデン、あなたのケイデン、何歩？」

「わからなければ、わからなければ、あのブタの」

「命が命が、ないでしょうー」

複雑な手足の動きを合わせ、踊り狂う二人。思わず見ている側も体が動いてしまいそうになるが、歌詞は不穏だ。

ぱっ、と画面が切り替わり、口に猿ぐつわを噛《か》まされ、パイプいすに縛り付けられた中年女性が映し出される。頭にはブタの耳のカチューシャを取り付けられている。んぐー、んぐーと唸《うな》る女性。なんだこれは……と戦慄を覚える暇もなく、また黒い三角定規のシンボルマークが映され、

「ニイハオ！」「ニイハオ！」

動画は初めに戻り――わずか十二秒のこの犯行声明を繰り返すのだった。

黒い三角定規がまたテロ事件を起こした――！　騒然とする僕たち『黒い三角定規・特別対策本部』のもとに千葉県警から「あれは千葉県内で起きている事件です」と連絡が入ったのは、午前十一時のことだった。

とらわれている人質は柏市にある総合図書館〈かしわいろどり図書館〉の館長、戸《と》北五《きたさ》月《つき》、四十七歳。リン・チョーソーとリン・コージュと名乗るテロリストはその図書館の元司書だというのだ。

柏市は千葉県の北西部にある、都内からも近い都市だ。『市民の学びの遊園地を』というスローガンのもと、この市の中心に地上七階建て、地下二階建ての大きなレインボー柄の図書館が作られたのは四年前のことだった。

『学びの遊園地』という目標にしたがわず、各ジャンルを先導する司書が全国から集められたが、その中の一人が、太刀《たち》垣《がき》暁平《ぎょうへい》という人物だった。司書として働く傍ら大学に入りなおして国内外の理系の名著の研究を進め、『これだけは絶対に読みたい理系図書』という本を出版した経歴を持つ。

かしわいろどり図書館に招かれたときにはすでに七十代の後半で、車いすを常時使用するほど足腰が弱っていたが、その豊富な知識を生かして国内外の集めるべき理系図書のリストを作成した。その冊数、実に四万。かしわいろどり図書館は五階・六階と、全国の図書館でも珍しく二フロアぶんまるまるを占める理系書棚コーナーを設置した。

体が思うように動かない太刀垣の手足となって、リストアップされた本を集める役に抜擢《ばってき》されたのが、当時大学を卒業したての二人の女性司書、長多良《ながたら》れいなと溝輪《みぞわ》しおりだった。長多良は歴史学、溝輪は国文学と、もともと理系ではない分野を専攻していたものの、太刀垣の理系図書への情熱に心を動かされ、「私たちがリストにある本を全部揃《そろ》えます！」と、使命感を抱いた。

リストの中には絶版図書も多くあったが、二人はあらゆる情報を駆使し、あるときは海外にまで足を延ばし、三年をかけて四万冊のうち二万八千冊までを集めた。かしわいろどり図書館は希少な理系図書所蔵により、全国的に有名にもなった。

政府による理系科目排斥政策が始まったのは、そんなときだった。

公立図書館であるかしわいろどり図書館もこの政策を無視するわけにはいかなかった。理系図書購入のための予算はストップ。ショックを受けた太刀垣は倒れ、勤務もままならない状況に追い込まれた。

二人の司書はもちろん太刀垣のリストをコンプリートし、地域の人々に理系の本を読むことの尊さ・面白さをわかってもらうため、館長や関連役所にリストに挙がっている本の収集の継続を訴えたが、無視され続けた。

悪いことは重なるもので、黒い三角定規が活動をはじめたのと同じくらいの時期に、療養中の太刀垣暁平が帰らぬ人となった。彼にとって明るくない時期の逝去に、長多良と溝輪は悲しみに暮れた。

失意の二人にさらに追い打ちをかけたのが、今から二週間前の、公務員人事異動だった。事なかれ主義の館長に代わって新しく就任した戸北五月は、数学をはじめとする理系科目にいい思い出のない人生を歩んできた女性だった。

「公共の図書館に、理系科目の図書などという悪書があるなど言語道断。すべて燃やしてしまいます」

就任あいさつでキッパリと言い放ったのだ。

長多良と溝輪の二人は太刀垣の思いと自分たちのこれまでの苦労を切々と述べ、思いとどまるように要請したが、戸北館長の態度は変わらなかった。

「数学なんて勉強して何になります？　政府がいらないと言っているんですよ。これらの本を燃やすのは、害虫駆除やお風呂のカビとりと同じことです」

戸北は職員を促し、五階と六階から長多良と溝輪が集めた本をごっそり中庭に運び、市民たちが見守る中で、石油をかけて燃やしてしまったのである。

「燃やせ燃やせ燃やすのよー！　数学なんて、子どもの情操教育を阻害するものは、すべて燃やすのですよっ！」

眼鏡のレンズに業火を映しながら、戸北は叫び続けたという。長多良と溝輪の二人は、戸北の腹心と化した司書たちに取り押さえられ、涙を流しながらこの光景を見るしかなかった。

そんなことがあってから一週間――

異常事態が起きたのは今日の午前十時すぎのことだった。

一階エントランスの自動ドアが開いたかと思うと、じゃーん、じゃーんと銅鑼の音が鳴り響いた。総合受付カウンターにいた受付担当の女性は目を見張った。華やかな中華風音楽を響かせながら、長さ二十メートルはあろうかという龍の作り物がぐねりぐねりと乱入してきたのである。黒い服に身を包んだ八人の男がその龍の体を棒で支え、上下に動かしながら向かってくる。

背後からは、口ひげを生やした不穏な男が、サーベルを振り回しながら入ってくる。

あっけにとられる受付担当。すると、ぼん、ぼんと何かが発射され、受付の天井に命中し、割れた蛍光灯が雨のように降り注いだ。

「ニイハオ！」「ニイハオ！」

現れたのは、チャイナドレスを着て、煌《きら》びやかな装飾の施されたバズーカを携えた二人の女性だった。奇抜なメイクをしていたのですぐにはわからなかったが、理系図書がごっそり燃やされて以来無断欠勤を続けてきた長多良と溝輪だとわかった受付担当は声をかけた。

「何をしているんです……？」

「わたしの名前はリン・チョーソー」

「わたしの名前はリン・コージュ」

ぼん！　ぼん！　二人は受付の彼女の言葉を無視してさらにバズーカを発射させると、「行くよ！」と龍や他の面々を促し、階段をのぼっていく。止めようと立ちはだかる図書館員や司書を、口ひげの男がサーベルで遠ざけていく。

ぼん！　ぼん！　女性二人は本棚を本ごとバズーカで破壊しながら二階、三階……と、建物を上っていき、七階の館長室の扉を蹴り開けて中へ入っていった。

館内放送が入ったのはそのすぐ後だった。

「かしわいろどり図書館のみなさん。この図書館はわれわれ黒い三角定規が乗っ取りました。職員、利用者様、その他黒い三角定規に関わらないすべての人は速やかに出ていってください。三分後、一人でも当該の人間がいた場合は、ブタ女を血祭りにあげます」

んぐー、んぐーと戸北館長の声が漏れ聞こえていた。職員たちは慌てて外に避難する。直後、どこかから黒い三角定規マークのつけられたコンテナを吊《つ》り下《さ》げたヘリコプターが飛んできて、屋上にコンテナを降ろして飛び去った——。

僕たちはすぐに現地に向かうことにした。長くない相談の結果、いつものとおり浜村渚を呼ぶことにしたが、今回は千葉県内の事件ということで、千葉県警に麻砂《ますな》第二中学校まで直接迎えに行ってもらうことにしたのだった。

Σ

「立てこもっている二人はずいぶん可哀《かわい》そうな気がしますね」

図書館周辺見取り図を眺めていると、すぐ横で木下刑事が言った。

「自分たちの信念で集めていたものを燃やされたんだからそれは怒ります。それに、彼女たちに指導していた太刀垣さんも。……ある職員の証言では、体を壊した後一度出勤してきたそうですが、そのときは今立てこもっている二人は出張でいなくて、五階と六階を寂しそうに車いすで巡っていたそうです。自分の主導で集めた本が燃やされてしまう運命を感じていたんでしょうか……」

彼女はずいぶん長多良と溝輪に同情している。その気持ちはわかるけれど、立場上、そういうことを口にしてはいけない。瀬島と大山も困ったように黙っていた。

「あ、渚がきた」

大山が遠くを見た。道路のほうから、ブレザータイプの制服に身を包んだ小さな女子中学生が、とことこちらへ歩いてくるところだった。

「こんにちは」

僕たちの前でぺこりと頭を下げると、星形のテーブルの上にスクールバッグをどさりと置き、ふーっと息を吐く。

右側の前髪にピンク色のヘアピンをつけ、制服の胸ポケットには友人からもらったピンクのシャーペンを差している。……そのシャーペンの横に、見慣れないビニール袋がある。中に入っているのはプラスチック製の小さなスプーンか？

「渚。学校のほうは大丈夫だった？」

大山が訊ねると、「んー」とヘアピンのついていないほうの前髪をいじり出す。

「大丈夫でしたけど、給食の直前に呼ばれちゃったんで。パンとこれだけもらってきたんです」

浜村渚はブレザーのポケットからプリンのような容器を取り出した。中身は茶色い。

「なにそれ？」

「麦芽《ばくが》ゼリーですよ。知らないんですか」

僕の質問に、浜村渚は目を丸くした。

「千葉県内の小中学校の給食で出されるデザートです」

木下が落ち着いた声で告げる。

「すごく人気だったのを私も覚えています。欠席者の分が余ったりすると、クラス内で過酷な争奪戦が行われるんです」

「ホントですよ。私もこれだけは楽しみにしてるんで、もらってきたんです。ちょっと、食べてもいいですか」

いいよ、と言う前から浜村渚は麦芽ゼリーの蓋をペリペリと剝がし、胸ポケットからプラスチック製のスプーンを取り出した。

「おいしそうだね、ちょっとちょうだいよ」

大山がさっそくちょっかいを出し始めた。

「えー、ちょっとだけですよ……はい」

「ん。あまい。ココアに似てる？」

「似てますけど、ちょっと違うんですよね」

「これは人気になるはずだわ」

「ですよね。学校、数学がないんで、楽しみはおしゃべりと麦芽ゼリーだけですよ、ホント」

「いい加減にしろっ！」

瀬島が爆発した。大山が睨《にら》みつける。

「何よ、うるさいな」

「何が麦芽ゼリーだ！　こいつらの謎の歌を解けっていうんだよ！」

僕からタブレットを奪い、浜村渚の前に突き付ける。わたしのケイデン、わたしのケイデン……という歌声が楽し気に響いている。

「あ、これ、車の中で見ましたけど」

危機感なく、すくいあげた麦芽ゼリーを口に運ぶ。

「ひょっとして浜村さん、もうあの歌の答えがわかってる？」

彼女は僕の顔を見てにっこり微笑んだ。

「はい。『九章算術《きゅうしょうさんじゅつ》』です」

√4　方田

「キューショーサンジュツ？　なにそれ？」

訊ねる大山の前で、浜村渚はスクールバッグのチャックをじーっと開き、表紙にさくらんぼの描かれたノートを取り出した。新しいページを開き、胸ポケットからピンクの勝負シャーペンを取り出し、一度長く芯を出しすぎてからちょうどいい長さに戻す。そしてノートの罫線《けいせん》にそって、こう書いた。

『九章算術』

「ずーっと昔の、中国の数学書です。たしかオリジナルは二千三百年ぐらい前の」

「そんな古臭い数学書が役に立つかよ」

鼻息をふきながら、瀬島が馬鹿にする。すると浜村渚は目を見開き、「何言ってるんですか！」と大声をあげた。

「土地の面積を測ったり、お米を測ったり、川の水の量を考えたり……そういう、実際の生活に結びついたスゴイ数学書なんです。日本の和算もこの本がなきゃ、はじまらなかったくらいです。方程式の『方程《ほうてい》』って言葉が初めて使われたのも、この本なんですよ」

小柄でおっとりしているのに、数学の話になるとこうやって興奮してまくしたてる。そしていつも瀬島はたじたじとなるのだった。僕は彼女を落ち着かせるための質問をした。

「浜村さん、この二人が名乗ってる『リン・チョーソー』『リン・コージュ』っていうのが、この『九章算術』の作者の名前なのかな」

「えっとー」

ヘアピンをしていないほうの前髪を、またいじりだす浜村渚。

「『九章算術』は、ホント、ずーっと昔に書かれた本なんで、初めに書いた人の名前は誰もわかりません。おまけにそのあと、こういう本はよくないって言った王様がいたらしくて、燃やされちゃったり、あちこちにばらばらになっちゃったりしたんです」

「そうなの?」

「はい。でも、世の中が変わって、この本の面白さに気づいた人が二人、ばらばらになっていたものを集めて、まとめ直したんです。それが、張蒼《ちょうそう》さんって人と、耿寿昌《こうじゅしょう》さんって人なんです」

「そういうことだったのか」

ドクター・ピタゴラスをはじめ、キューティー・オイラー、アドミラル・ガウス、ふわーり・ジミー、ぽっぽ・ザ・ディリクレなど、黒い三角定規のテロリストたちは数学史に燦然《さんぜん》と輝く数学者の名を名乗りたがる。今回の二人は、『九章算術』をまとめあげたという中国の数学好きに自分を重ねているようだ。

「ただ、今言った二人の名前も本人が残してるわけじゃなくて、あとあと『九章算術』の詳しい解説を書いた、劉徽《りゅうき》さんっていう人が記録してるんです。この劉徽さんってのがスゴイ人で……」

「能書きはいいんだよ！」

瀬島がスマートフォンの画面を突き破らんばかりの勢いで指さす。

「こいつらの出してる妙ちきりんな問題は何なんだ？」

「ケイデンっていうのはこういう漢字を書くんですけど」

さくらんぼの計算ノートに『圭田《けいでん》』と書かれた。

「『圭』っていうのは三角形。つまり、『三角形の田んぼ』のことです。『九章算術』の第一章、【方田】、田んぼの面積を計算する問題ですね」

『広《こう》12』『正縦《せいじゅう》21』

浜村渚は漢字が苦手だと思っていたけれど、ずいぶん難しい漢字を書いた。数学に関することならなんでも大丈夫だというのだろうか。

「広っていうのは今でいう『底辺』、正縦っていうのは『高さ』のことです」

「ん？　ん？　その面積か？　めちゃめちゃ簡単じゃないか？」

瀬島がダチョウのように首を伸ばしてくる。

「(底辺)×(高さ)÷2だろ？　つまり、12×21÷2で、126」

「はい、そうです」

浜村渚はにっこり笑った。瀬島はガッツポーズだ。

「現代をなめるな古代中国め、楽勝だぜ」

「あのね、もっと難しい問題もいっぱいあるんだよ、きっと」

ため息をつく大山。

「ですね。でも、計算が簡単なところもあります。たとえば『九章算術』では、円周率を3・14じゃなくて、『3』で計算してるんですよ」

「えーっ？　いいじゃん」

大山が笑うと、今度は瀬島がため息をついた。

「横着するなよ、古代中国。『3』じゃ、円じゃなくて正六角形になっちまうだろうが！」

僕にも彼が何を言いたいのかはなんとなくわかっていた。

円周率というのは、浜村渚ふうに言えば、材料を用意するのが苦手なケーキ屋さんの「直径を計っただけで円周の長さがわかったら、用意するクリームの量もわかるからステキなのに……」という願いをかなえるための値だ。

つまり、『直径に何をかけたら円周の長さになるか』という数のことで、『だいたい3・14』だということがわかっている。直径が10㎝のスポンジを目の当たりにしたら、かのケーキ屋さんは円周31・4㎝ぶんのクリームを用意すればいいし、直径が20㎝なら、62・8㎝ぶんのクリームを用意すればいい。

この円周率を『3』で計算してしまうと大変だ。直径10㎝に対し、ケーキ屋さんは30㎝ぶんのクリームしか用意しない。これがもし正六角形のケーキだったら周囲は30㎝なので用意したクリームでぴったり足りるけれど、円形のケーキだったらスポンジむき出しの部分ができてしまう。――というのが、瀬島の言い分なのだ。

浜村渚と出会う前の僕はそもそも「円周率」が何を表す数なのかじっくり考えたことがなかったし、こんな説明を脳内に浮かべることもなかった。彼女の説明を普段から聞いていると、みんな数学が好きになってしまうのだ。

そんな彼女のことだから、瀬島同様、円周率を『3』とすることには抵抗があるだろう……と思っていたら、

「瀬島さんの言うとおりです。でも、『九章算術』に関していえば、円周率は『3』で、みんながちょっと幸せになると私は思います」

意外なことを言った。

「浜村さん、円周率は3.141592……ってずっと続くのが魅力だって言ってなかったっけ？」

「もちろんそれはそうです。でも『九章算術』の目的は生活に結びついた数学です。田んぼの面積は、税を取るためのものなんですよ。本当は円形の田んぼを、正六角形でもいいっていうことにしてるんです」

どういうことだ？　と少し考えて僕はわかった。

「……そうか。正六角形の外の余った部分には税金がかからないのか」

「はい。本当は計算を簡単にするためのことであって、たぶんそのころの中国にも、これは正確な円の面積じゃないぞって見抜いていた人はたくさんいると思うんです。それでも、この部分は税をサービスしてあげようっていう了解があったんで、やっぱり『九章算術』のやさしさと言えると思います」

円周率を『3』とすることに、「やさしさ」を見出《みいだ》すなんて、とても浜村渚らしい。彼女の話を聞いているといつも、無機質な数学に心があるように思えてくるから不思議だった。

「木下刑事！」

一人の若い制服警官が血相を変えて走り寄ってきた。

「どうしたのです？」

木下刑事は黒縁眼鏡に手を添えて訊ねる。

「地下二階の非常用入口に異変が！　ひょっとしたら中に入れるかもしれません！」

地下二階の非常用出入口の前で先ほど大きな銅鑼の音がしたというのだ。

数人の警察官が非常階段の一階部分に駆け寄って下を覗《のぞ》いたところ、中華風の衣装に身を包んだ真っ赤な顔の人間がこちらを見上げていたという。

「真っ赤な顔？」

僕が訊ねると、額にびっしょりと汗を浮かべたその制服警官はうなずいた。

「ぱっと袖で顔を隠したかと思うと、すぐに袖を下ろしました。すると今度は、緑の顔に……」

「なるほどな」瀬島が腕を組んだ。「そりゃ、変面《へんめん》だ」

中国四川省に伝わる、役者が顔を隠している間にすばやく面を変え、喜怒哀楽の変化を表すという伝統芸能のひとつだ――と、偉そうに瀬島は説明した。

「喜怒哀楽を……そういえば、赤い面は笑っていて、緑の面は泣いているように見えました」

制服警官はそう言うと、再び木下刑事のほうを向いた。

「それで、私たちが捕らえようと下りていくと、そいつは中にさっと入っていったのです。私たちも追いかけて鉄扉を開くと、そこにはもう一枚の扉が……」

「もう一枚の扉？」

「はい。写真を撮ってきましたので、どうぞ」

制服警官の差し出したデジカメを見ると、開かれた鉄扉の向こうにたしかにもう一枚ドアがあった。赤と黄色で中華風の装飾がされている。その表面に打ち付けられた白い板に、こんな漢字が羅列してあった。

『今有田廣十五歩從十六歩問爲田幾何』

「うう……中国語」

大山が頭を抱えた。

「浜村さん、わかる？」

恐る恐る僕は訊ねた。浜村渚は麦芽ゼリーの最後の一口を食べたあとで、首を傾《かし》げた。

「『九章算術』は、全九章にわたって、二百四十六問の問題があるんです。その一問目と思います。たしか、横が十五歩で縦が十六歩の田んぼの面積はいくつでしょう？ っていうような。答えは15×16で二百四十平方歩。昔の中国の単位では、『一畝《ほ》』です」

漢字が苦手なくせに、本当に数学のこととなると古代中国のことにも詳しい女の子だ。

「これ、なんだ？」

瀬島が横から割り込んできて、デジカメの画面を指さす。よく見ると、問題の描かれた板のすぐ下に、小さなタッチパネルのようなものがあった。

ぱん、と瀬島が手を叩《たた》いた。大山がびくりとする。

「なんなの、うるさいんだけど」

「黒い三角定規のヘリが運んできたのは、このドアだろ。きっと二百四十六枚あるんだ。すべての問題が各ドアに一枚ずつ書かれていて、その答えを書くことによって開く」

瀬島はそう言って図書館を見上げた。

「この図書館は地下も合わせて九フロアだ。一章につき一階ぶんとすれば、九章ぶん全部解いたときに最上階の館長室に到着するってわけだ。やつらの考えそうなことだ」

「二百四十六問？　渚、それくらい解けるよね？」

自分では一問も解く気がないくせに、大山は浜村渚の肩をぽんと叩く。

「解けるとは思いますけど、中国語がわかりません。一問目は覚えてたからできましたけど……もっと先になると読めないと思います。瀬島さん、中国語、できないんですか？」

瀬島は一瞬、ぐっ、と言葉に詰まり、

「さすがの俺にも、中国語は無理だ」

と、プライドの高い答え方をした。

どどどど、どどどどど——。

重低音のエンジン音が聞こえてきた。千葉県警の関係者たちが慌てて道を空ける。現れたのは横浜ナンバーのハーレーダビッドソン。フルフェイスのヘルメットをかぶったライダースーツ姿の女性がまたがっている。

彼女は僕たちのすぐそばで停車させたかと思うと、ヘルメットを脱いだ。解放された長い髪がふぁさっ、と風に舞う。

「お待たせ、武藤さん」

日本人離れした、美形の女性の顔が現れた。

Σ

地下二階の非常出入口前のスペースは狭く、僕と浜村渚とカレン諸角《もろずみ》、瀬島と大山が立つともうぎゅうぎゅうだ。木下刑事他、千葉県警の面々は非常階段にぞろりと行列を作っていた。

「わー、古い中国語。こんなの今、使わないよ」

カレン諸角はそう言いながらも、額に手を当てて笑った。

彼女は横浜をこよなく愛する、神奈川県警捜査一課の刑事なのだ。捜査一課でありながらハーレーダビッドソンで違反車両を追いかけ回す困った一面もあるが、とにかく横浜のことなら隅から隅まで知っていて、中華街のならず者と渡り合うために独学で中国語もマスターした強者なのだった。今回の犯行声明から中国のカラーを感じ取っていた僕は、何かの役に立つかもしれないと彼女に協力を要請していたが、ちょうどいいタイミングで到着してくれたのだった。

「でもなんとなくわかるわ。横十六、縦十五の長方形の田んぼの面積は？　っていうことみたいね」

「やっぱり」

浜村渚は指で、タッチパネル部分に触れた。つーっと黒い線が浮き上がる。『一』まで書いたところで、

「『ほ』ってどう書くんでしたっけ？」

と僕を振り返って、とろんとした二重まぶたの目で見上げた。さっき『畝』らしいことを聞いていたので、僕が代わりに書くと、かーんと甲高い音がして、扉が開いた。

「今の音、なんですか？」

僕の顔を見上げて訊ねる浜村渚。

「正解、ってことじゃないのかな。入ってみようよ」

扉を抜けると三メートルほど先にまた扉がある。両脇はすぐ分厚いスチール製の棚が迫っている。もともとこういう構造なのか、それとも黒い三角定規のテロリストた

ちが移動させたのか。とにかく先に進むには、二枚目の扉を開けるしかない。二枚目の扉に張り付けられた白い板にはやはり問題があった。

『又有田廣十二歩從十四歩問爲田幾何』

カレン刑事が翻訳し、浜村渚はすぐさま暗算で答えを出す――。そうやって、あれよあれよという間に三十八枚めの扉までやってきた。

ここまで開かれたドアは実に三十七枚。両脇は相変わらずスチール書棚ではさまれているため、入ってきたドアから細長ーい道ができている。振り返ると、大山、瀬島の背後に、木下刑事を先頭に、ぞろぞろと千葉県警の捜査員たちが列をなしている。

「なるほど。ドーナツ形の田んぼの面積ですか」

カレン刑事から翻訳をきいた浜村渚は嬉々《きき》としてさくらんぼノートに計算をはじめる。

「中国にはいろんな形の田んぼがありますね」

「渚、このドア、いつまで続くの？」

大山があくびをしながら訊《き》く。

「第一章はたしか四十問もなかったと思うんで、そろそろだと思います」

浜村渚は答えながら、タッチパネルに『四畝《ほ》　百五十六平方歩　四分の一歩』という、僕にはわけのわからない解答を書いた。

√9 ゾクベイ、シブン、エトセトラ

チンチンチーン！

三回正解の音が鳴り響いて扉が開き、僕たちの目の前に広がったのは、今までと違う光景だった。書棚に囲まれた丸い空間。中央に木でできたはしごが固定されている。はしごの伸びる先を見ると、天井に、人が一人ようやく通り抜けられるくらいの丸い穴があいていた。

「妙な細工をしやがって、俺が捕まえてやる」

ここまでまったくいいところのない瀬島がはしごに飛びつくと、

「あたしが、先！」

「わっ」

大山が押しのけ、ぐいぐい上っていった。

「島のガジュマルの木を思い出すぅー」

「大山、お前俺より先に……」と再びはしごに向かう瀬島を、

「なんだか面白そーう！」

今度はカレン刑事が押しのけ、大山のあとを追っていく。片や沖縄の野生児、片や横浜の走り屋。生まれも育ちも違うけれど、どこか似たところのある二人だ。

「お前たち、俺を差しおいて」

「瀬島。浜村さんを先に行かせてあげないと」

僕は上ろうとする彼の肩をつかんで止めた。悔しそうに僕の顔を見ていたが、「早く行け」と浜村渚にはしごを譲る。

「あ、はい」

おぼつかない手つきで上り始める浜村渚をサポートしながら、そのすぐ後に僕も上る。穴からひょっこり顔を出すと、扉はなく、スチールの棚が並んでいるだけだった。

と、どこからか銅鑼と弦楽器の音が聞こえてきた。

「ゾク、ベイ、ゾク、ベイ！」

妙な掛け声をあげながら、福の神のようなコミカルな被《かぶ》り物《もの》をかぶった背の低い人間が、軽快なステップでやってくる。左手に抱えた升からばらばらと米粒のようなものをばらまいている。

「おい武藤、早く上がれ！」

下から瀬島がせっついてくる。慌てて上ろうとすると、今度は本棚のあいだから黄金の龍が現れた。黒い服を着た八人の男たちが操っているのだ。

「このぉ！」

大山が福の神につかみかかろうとするが、福の神はひらりと避け、米粒を大山に投げつける。よく見たら、雑穀や豆、包み紙に包まれた飴《あめ》のようなものも含まれている。

「ゾク、ベイ！」

じゃーん――銅鑼が鳴るとともに、龍はぱっと地に伏せた。龍を操っていた男たちは一度本棚の間に消え、ごろごろと何かが転がる音がした。やがて現れたのは、巨大な岩を載せた台車だった。台車は勢いよく、僕のもとへ突っ込んでくる。僕はようやく、穴から上半身を出したところだった。

「武藤さん、危ないです！」

浜村渚が叫ぶので我に返り、ひょいと穴から出て避けた。男たちは台車を穴の上で止めた。同時に四つの車輪をがちゃりと男たちが外すと、ドスンと台車の台の部分が岩の重みで床に落ちた。男たちは素早く車輪を回収して消えた。穴は岩に塞がれてしまった。下に取り残された瀬島の悔しがる声も聞こえない。

「ゾク、ベイ〜〜」

愉悦に満ちた声とともに福の神の頭巾から、ぶしゃああと雑穀が噴水のように噴き出した。僕は頭を抱えてしゃがみこむ。大山とカレン刑事も一瞬怯《ひる》んだが、

「くそっ、待て！」「待ちなさい！」

福の神や龍を操る男たちが逃げたと見るや、薄暗い地下書庫の奥に向かって追いかけ始めた。あとに残るのは静寂と、床にばらまかれた穀類や豆や包み紙だ。

「四人になっちゃいました」

浜村渚が不安そうに言いながら、飴のような包み紙を一つ、拾い上げる。ポケットの中でスマートフォンが震えたので見ると、瀬島からの着信だった。

……どうせ取り残された文句だろう。出ることもない。僕は無視してスマートフォンをしまい、浜村渚を見た。

「進むしかないね。でも、さっきみたいに問題の扉があるわけじゃなさそうだけど」

「これみたいです」

浜村渚が開いた包み紙を見せてくる。中には問題があった。

「『九章算術』の第二章、『粟米《ぞくべい》』です」

古代中国では、たくさんの穀類や豆類が食されていた。その価値の中心となるのは粟《あわ》であり、他の穀類と交換するときの比率の計算が必要だったそうだ。

「たとえば、粟が五十に対して、小麦が五十四、ごまが四十五とかそういう感じです。その比率の計算をまとめて『粟米』っていうんです」

この階では問題はドアではなく、ばらまかれた包み紙に書かれているらしい。僕と浜村渚は包み紙を拾い集めていく。全部で四十六個あり、開くとすべてに中国語の問題が書かれていた。

「比の問題だから、意味がわかれば解けますけど、答えはどこに書けばいいんでしょうか」

「おーい、武藤！　渚！」

奥のほうから大山の声が聞こえた。浜村渚と顔を見合わせ、四十六問の問題を携えて進んでいく。書棚の陰に、金ぴかの鎧《よろい》を着こんだ、赤い顔の男性像があった。

「中国の神様の像よ。中華街に似たようなのがたくさんある」カレン刑事が言った。

「見て。胸のところにタッチパネルが」

先ほどの扉についていたのと同じタイプだ。解答を書き込む欄は四十六あった。

「カレンさん、これ、どういう意味ですか？」

『問一』と書かれた紙を見せる浜村渚。翻訳をきいて、『一』の解答欄に『六升』と書く。

がたり、と音がして、像が身に着けている鎧の一部が剝がれ落ちた。

「問題を一問解くたびに崩れていくみたいだね」

大山が言った。カレン刑事に訳を聞きつつ、床に広げた計算ノートに次々と計算しては答えを当てていく。こういうときの浜村渚は、いつもキラキラした顔をしているのだった。

Σ

一フロアにつき『九章算術』の一章ぶんの問題を解きながら最上階の館長室を目指す――瀬島の予想したとおり、リン・チョーソーとリン・コージュの二人はこのかわいろどり図書館をそういう要塞に変えたらしく、その後、階を上がるたびに不可解な刺客たちが中国語の数学問題を仕掛け続けてきた。

一階・エントランスと児童書の階。麻の簡易的な服を着た四人の女性が「シブン、シブン」と掛け声をあげながら踊ったかと思うと、代表者が一人前に出てきて上体をぐぃーっと反らせ、「衰分《すいぶん》」と書かれた扇子をいくつか額の上に立てて重ねるという曲芸を見せた。思わず拍手をすると、問題が書かれた扇子をばらまき、上階に続く階段の前を塞ぐ扉を抜けて去っていった。『九章算術』第三章、身分による給料や税金の配分を計算する『衰分』の問題だということだった。

二階・文学／歴史の階。八人の男性が出てきて中華独楽《ごま》をぐるぐる回しながら、僕たちの周りを取り囲み、「ショーコー、ショーコー、叭叭叭《ハハハ》」と笑うと、天井に設置された袋の中から独楽がバラバラと落ちてきた。もちろんすべてに問題が書かれ、中には図があるものもあった。『九章算術』第四章、図形の面積や立体の体積から辺の長さを逆算する『少広《しょうこう》』の問題群であった。

三階・芸能／芸術の階。もともとそこにあったらしきぐにゃぐにゃした形のオブジェの周囲に土が山盛りにされていた。スコップやつるはしといった土木工事の道具を携えた男女十二人がその土山の向こうから現れ、「ショーコー、ショーコー」と歌いながら二胡の曲に合わせて舞踊を舞ったかと思うと、僕たちにその道具を投げつけて去っていく。土を掘ると、カプセルに入った問題がいくつも出てきた。『九章算術』第五章、城や用水路を作るのに役立つ体積・容積を扱う『商功《しょうこう》』の問題群だった。

四階・社会一般／ジャーナリズムの階。驚いたことに二頭の生きた馬がいて、荷馬車につながれていた。赤い服を着た御者が鞭《むち》をしならせると、馬はいななないて、雑誌や新聞類を蹴散らしながら僕たちめがけて襲ってきた。「ちくしょう！」と大山は目の色を変え、走ってくる馬の首根っこにしがみついてその背中に乗り上げた。カレン刑事もこれに続けとばかりに荷馬車に飛びつき、御者の手元を狂わせようとする。さすがの御者も焦ったらしく馬は制御不能となり、あちこちの本棚を倒してあたりはめちゃめちゃになった。御者が二頭の馬をなだめ、僕が二人のじゃじゃ馬をなだめ、両者が落ち着いたところで、御者が泣きべそをかきながら、荷台に載せていた問題のカード束を床に叩きつけて逃げ去った。大山のせいで予定の演出ができなかったようだ。ともあれ、カード束に書かれていたのは『九章算術』第六章、税を遠方から運ぶときの納税額と輸送額の負担のバランスを計算する『均輸《きんゆ》』の問題群だった。

五階・物理化学／テクノロジーの階。戸北新館長の方策ですっかり本が消えたこの階は本棚がほとんど空でうすら寒い雰囲気だった。

「エイ、フー、ソク……、エイ、フー、ソク……」

弱々しい声とともに、顔を真っ赤にした男が三人、本棚の陰から現れる。徳利《とっくり》を携え、足取りがふらふらしている。

「酔っ払いめっ！」

大山が襲い掛かるが、三人はふらりと避け、つんのめった大山の背中をばしりと叩いて転ばせた。

「わっ」

これは、酔えば酔うほど強くなるってやつだろうか……と僕が思っていると、三人はそろって徳利を呷《あお》るが、中身はない。一人が中国語で嘆きはじめた。

「もうお酒がないって言ってるわ」

カレン刑事が言う。するともう一人がしゃべる。

「お金を出し合って買おうって。仲間も呼ぶって」

初めの男がまた応じる。三人目は何も言わず、気持ち悪そうに本棚にもたれているだけだ。

「何人いるのか覚えてないが、みんなで八銭ずつ出せば三銭余る。みんなで七銭ずつ出せば四銭足りない」

二人目が肩をすくめる。

「それじゃあ、全部で何人いて、酒はいくらなんだ？」

「第七章『盈不足《えいふそく》』です」浜村渚はすでに嬉《うれ》しそうにさくらんぼノートに式を書き始めている。「今でいう過不足算ですよ」

さらさらと動いていくピンクのシャーペン。

「むむ、なんでこいつら、こんなに避けるのがうまいのよ」

起き上がった大山はしゃべっていた二人を捕まえようとしているが、「エイ、フー、ソク……」と酔っぱらいの足取りで逃げられてしまう。大山は琉球《りゅうきゅう》空手の使い手だが、二人のふらりふらりとした足取りは明らかに、大山のセオリーにない動きに見える。

「うぐっ！」

突然、本棚にもたれていた男が青い顔をしてほっぺたを膨らませた。びくりと動きを止める大山に向かい、彼は自分の唇を指さした。糸の端が飛び出ている。

「引っ張れって？」

大山は恐る恐るその糸をつまみ、引っ張った。

「ぐぶわああ！」

汚いものが飛び出す！　そう思って思わず両手で顔を覆った僕だが、口から引っ張り出されたのは、小さな布が万国旗のようにいくつも縫いつけられた糸だった。一枚一枚に問題が書かれている。

「ぶわあ」

男は両手を広げてにこりと笑う。

「こいつ！」

とびかかる大山をふらりと避け、他の二人と共に男は走り去っていった。

√16　オリジナル方程

酔っ払い男の口の中から出たよだれまみれの問題十九問を浜村渚がすべて解き終えるのに、五分もかからなかった。階段の前に立ちはだかる像の解答スペースにすべてを打ち込むと、像はぼろぼろと崩れ、すぐに六階への階段に進むことができた。

「浜村さん、疲れてない？」

階段をのぼりながら、僕が気遣うと、

「全然です。まだ二百四問しか解いてませんし」

彼女は答えた。僕に気を使っている様子もない。その二百四問を翻訳し続けてきたカレン刑事のほうは少し疲れの色が見えはじめていた。

「渚ってこう見えてタフだよね。頭に糖分も足りなくなりそうだけど」

「さっき麦芽ゼリー、食べましたもん」

「どんだけパワーあるのよ麦芽ゼリー」

大山はすっかり呆《あき》れている。浜村渚のパワーの源は麦芽ゼリーだけじゃない。きっと数学の問題を解けば解くほど元気になっていくような気が、僕にはした。

六階に到着する。

そこは、五階以上にがらんとした空間だった。空の本棚は両脇の壁に押しやられ、部屋の中央の床に大きく黒いタイルの長方形があった。その十メートルほど奥に、中国風の装飾の施された幕が渡されている。『劇』という文字が見えた。

「なんだろうこれ。黒曜石かしら？」

カレン刑事がそれを足で踏んで感触を確かめている。そのとき僕は、幕の前に細い壺《つぼ》が二つ置かれているのに気づいた。高さは僕の腰くらいだろうか。白地に青で、花や魚や建物が細かく描かれている骨董《こっとう》品のようだ。

どこからか音楽が聞こえてくる。コミカルな中華風の音楽だ。

「えっ、えっ？」

浜村渚が目を見張った。どうしたの、と訊こうとしてその目線の先を追い、僕も驚いた。二つの細い壺から、白くて細い手足が同時に出てきている。かと思ったらひょこりと同時に二人の女性が飛び出してきた。何かで見たことがある。体を折って壺の中に入ってしまう、中国雑技団の技だ。

「ニイハオ！」

「ニイハオ！」

両手を振りながら挨拶をする二人を見て、さらに驚いた。赤いチャイナドレスに緑のチャイナドレス。『Trick Track』で犯行声明を披露したあの二人だったのだ。

「わたしの名前はリン・チョーソー」

「わたしの名前はリン・コージュ」

音楽に合わせ、羽毛のあしらわれた扇子を振りながら踊る二人。こういう舞踊を専門的に習っていたのではないかと思われるほど、華麗な舞だった。

「こらっ！」

大山の怒号に、びくりと二人は動きを止めた。

「こんなでかい図書館の中をさまよわされて、あたしは機嫌が悪いんだ。さっさと人質を解放しろっ！」

二人は目をぱちくりさせていたが、やがて扇子を口元に当て、ほほほ、ほほほほと笑いはじめた。

「まさかあんなブタを本気で助けようなどと」とリン・チョーソー。

「理系の学問は国家の礎、数学は理系の命。そんな命を燃やす者などこの世にいらないのです」とリン・コージュ。

「それでも、人を殺すのは間違ってるわ」

カレン刑事が勇ましく一歩出るが、二人はさっと後ろに飛びのいた。

「『九章算術』を理解しない者に私たちを止めることはできないわ」

「解いたからここまでやってこられたんだ」

解いたのは浜村渚なんだけどな……。

「それはわかっているわ」

リン・コージュが手のひらをこちらに向ける。

「あなた方のうちの誰かは、本当に古代中国の英知の粋を深く理解している。それなのになぜ、愚かな政府側、警察側についているのか理解に苦しむわ」

僕はちらりと浜村渚を見るが、彼女は無反応を決め込んでいる。

「まあいいわ」リン・チョーソーが言う。「私たちはブタを処分しに上へ行きましょう」

二人はくるりとこちらに背を向け、幕の奥へと向かっていく。

「そうはさせない」

大山が追おうとしたところで、幕が開いた。そこには三人が立っていた。――いや、人ではない。手足があってそこに起立しているが、一人は長い棒を持った猿、一人はとげのついたさすまたを持った豚、そしてもう一人は三叉《さんさ》のやりを持った、なんだかわからないぬらぬらした化け物だ。

「出たな中国劇団」

大山が構える横で、

「西遊記《さいゆうき》？」

僕はつぶやいた。

「あ、たしかに」

浜村渚も同意する。孫悟空《そんごくう》、猪八戒《ちょはっかい》、沙悟浄《さごじょう》……子どものころ読んだ西遊記の一行そのものだ。

ききい！　孫悟空が僕めがけて襲ってきた。

「うわっ」

如意棒《にょいぼう》が僕の鼻先をかすめる。浜村渚を守りながら一歩退いた僕の右足のかかとが、からーんと金属音を立てた。剣が落ちている。イミテーションっぽいけれど、この際構わない。

僕は素早くその剣を拾い上げ、孫悟空に立ち向かう。

孫悟空はさっと退き、上体を低くするポーズをとった。僕もそれに合わせて構える。

しゃん、しゃん、とてとてて——どこから鳴り物が聞こえる。孫悟空と目が合い、

「覇《ハ》ッ！」「はっ！」

ぱちん、ぱちんと如意棒と剣を合わせ、お互い退き、ポーズをとってにらみ合う。

「覇ッ！」「はっ！」

孫悟空が如意棒を僕の膝めがけて回してきた。僕はひょいと飛び上がってそれを避け、今度は剣で孫悟空の上半身を狙う。孫悟空はひゅるんとしゃがんでそれを避ける。二人で対峙《たいじ》してまたポーズ。……なんだか京劇の登場人物になったようだ。

「今、孫悟空と猪八戒と沙悟浄が、肉包《ロウパオ》を食す」

突然、リン・チョーソーが声を張り上げた。

「孫悟空三匹、猪八戒二匹、沙悟浄一匹では、二十七の肉包を食す」

えっ、孫悟空が三匹も？　一度にそんなに相手はできない。

「孫悟空二匹、猪八戒三匹、沙悟浄一匹では、三十二の肉包を食す」

いや、なんだか違う気がする。

「孫悟空一匹、猪八戒二匹、沙悟浄三匹では、二十五の肉包を食す」

ちらりと浜村渚のほうを見る。シャーペンを手に、とろんとした二重まぶたの目が輝きはじめている。これは……数学!

「孫悟空、猪八戒、沙悟浄、それぞれ一匹ではいくつの肉包を食すであろうか」

「第八章『方程』ですね!」

ついに浜村渚は叫んだ。リン・チョーソーとリン・コージュはそろってうなずく。

「十七世紀デカルト以来のヨーロッパ流の代数を使ってはいけないわ。必ず、『九章算術』の方法で解きなさい」

リン・チョーソーが言うと同時に、さっきまで黒かった床の正方形がぼわわんと白く光りだした。液晶画面になっていたようだ。

「解く過程まで正確でなければ、扉のロックは解除できないわ」

「もちろんです」浜村渚はさくらんぼノートを胸に抱きしめ、にっこり笑った。「私たちの時代に受け継がれる方程式の源流を、心の底から楽しませてもらいます」

「あなたとは」「話が合う気がする」

二人は同時に右手を上げた。幕が二人の姿を隠し、僕たちと格闘を繰り広げていた三匹の魔物は幕の前に整列した。早く解いてみよと言われているようだった。

柔道の試合場くらいある液晶画面の前に立ち、浜村渚は口を半開きにしてわくわくした顔をしていた。液晶画面には孫悟空・猪八戒・沙悟浄のイラスト、それに「計」の文字がすでに入った、表のようなものが映し出されている。

「浜村さん、これ何なのかな？　方程式って、xとかyとかを使うんじゃないの？」

「これは方程式じゃなくて、方程です。『方』っていうのは『四角形』つまりこの計算盤のことで、『程』っていうのは『割り当て』のことなんです」

「計算盤の中に割り当てる、っていうこと？」

「はい。考え方はヨーロッパの方程式とほとんど同じですけど、これで解くと、数の中を泳いでるみたいで、答えがみるみる浮き上がってくる感じがたまんないんですよ」

右手をこぶしにして、浜村渚は嬉しそうだった。いつもながらに。

「えっとまず、孫悟空さんが三匹、猪八戒さんが二匹、沙悟浄さんが一匹のとき、二十七個食べるんですよね」

浜村渚は計算盤の上をトコトコ歩いていき、孫悟空のイラストのすぐ横の枠をタッチした。一本のマッチ棒のようなものが出る。

「わ、やった、算木です。これ使っていいんですか」

孫悟空のところには三本、猪八戒の枠には二本、沙悟浄の枠には一本、その下の「計」の欄には「二十七」を表すように算木が並べられた。同じようにして二列目、三列目にもリン・コージュの出題どおりの数が並べられる。

「さあ、古代中国数学、方程のはじまりです」

さっささっさと算木を動かしていく浜村渚。ジャッジすべくそこに立っている三匹の魔物は目を見張り、ついていくのに必死のように思えた。振り返れば、大山とカレン刑事はそろって、口を半開きにして浜村渚を眺めている。何をしているのかさっぱりわからないのだろう。僕も一緒だ。せめて浜村渚の邪魔にならないようにと、計算盤から離れる。

「ん？」

空っぽの本棚はすべて壁際に押しやられているのだが、その脇の壁の一部に、何か落書きのようなものが見えた。こんなに綺麗《きれい》な図書館の壁に落書きなんて……と近づいていく。床にしゃがむと、ちょうど目の高さにそれは書かれていた。

『星と水と日で圭を成す
句は星と水なり

円は圭に容《い》るなり
日に真あり
若人よ、真をもって人に当たることを忘るるなかれ』
なんだろうこれは？『九章算術』の問題めいているような気もするが数字なんてないし、ひょっとしたらナゾナゾみたいなものだろうか。でもどうしてこんなところに？
僕はスマートフォンを取り出し、それをこっそり撮影した。

$\sqrt{25}$ 九章めの真実

「解けました！」

浜村渚が叫んだ。

「孫悟空さんは三個、猪八戒さんは八個、沙悟浄さんは二個です！」

三匹の魔物は顔を見合わせ、すぐ直後に、

「回答正確《ホイダアジョンチュエ》！」

と声を合わせた。そこらにぶら下がっていた爆竹が一斉に弾《はじ》け、浜村渚は耳をふさいでしゃがみこむ。

「なんですかこれ」

「中国では、爆竹はお祝いの証《あかし》よ」

カレン刑事が説明するが、「うるさいだけですよ、これー」と浜村渚は文句を言っている。

幕が開き、三匹の魔物は道を空けた。まず大山が三匹を睨みつけながら通っていくが、もう危害を加えてくる様子はなさそうだ。

上の階へ続く階段はちりひとつなく綺麗なものだった。だが七階に上がって、僕たちは目を見張ることになる。

映像資料と館長室の階だと聞いていたはずが、竹藪《たけやぶ》が広がっているのだった。もちろん根を張っているわけではなく、プラスチック製のスタンドに刺さったものが並んでいるだけだが、向こうが見えないので本物の竹藪みたいだった。

「なんだよ、この、この」

大山が竹を蹴倒しながら道を開ける。しばらく進むと、開けたスペースになっていたが、そこでまた僕たちは唖然《あぜん》としてしまった。

ひょうたんの徳利を携えた七人の男たちの人形が、竹でできた檻《おり》を囲むように置かれているのだ。

「竹林《ちくりん》の七賢《しちけん》……」

カレン刑事がつぶやいた。僕も聞いたことがある。かつての中国で俗世を離れて竹林の中で、酒を飲みながら高尚な話に花を咲かせていたという七人の知識人のことだ。

檻の中にはロープでぐるぐる巻きにされた太った中年女性が、パイプいすに縛り付けられていた。猿ぐつわを嚙まされ、気を失っている様子だった。

その檻の前に、虎が一頭座ってこちらを見ているのだった。

「虎！」

さすがの大山も怯んで立ち止まった。虎は立ち上がり、ぐぶおお！　と吠《ほ》えた。

「座りなさい」

静かな声がした。リン・コージュだった。檻の側にテーブルがあり、リン・チョーソーとリン・コージュが向かい合ってお茶を飲んでいる。竹の青臭さの中に、中国茶の香りが混じっている。虎は言うことをきいて、檻の前に再び伏せた。

「彼女たちは虎まで操るっていうの？」

カレン刑事が驚いているが、僕はいまさら驚かない。黒い三角定規のテロリストたちは、数学教育を取り戻すためなら何でもやるのだ。

「よくぞ第八章までの問題を解決されました」

リン・チョーソーは穏やかな表情だった。

「解いたのはあなたでしょう」

リン・コージュに訊ねられた浜村渚は「あ」と、しばらく左手で前髪をいじっていたが、

「そうです」

と答えた。

「あなた、私たちと一緒に新しい数学の国作りの手伝いをしない？」

「しません」

浜村渚はきっぱりと答えた。顔を曇らせるリン・チョーソーとリン・コージュ。

「どうして？　あなたも、数学が好きでしょう？　それなのに、数学を含む理系の本をことごとく燃やそうとするこのブタ女と同じように、今の政府の味方をするっていうの？」

「えっとー」浜村渚はまた左手で前髪をいじり出した。「政府とか教育という話になると私はよくわかりませんけど……。とにかく、目の前に数学っていうステキなもの

があって、それをずっと好きでいるだけです。学校で教えてくれたほうがいいけど、教えてくれなくても、私には先生がたくさんいるんですもん」

「先生って？」

「オイラー先生でしょ。それにアルキメデスさん、フワーリズミーさん、フェルマーさん、ニュートンさん、ラグランジュさん、ガウスさん、ディリクレさん……」

指を折りながら、名だたる数学者の名前を羅列していく。

「あっもちろん、『九章算術』の詳しい解説を書いた、劉徽さんもです」

これが浜村渚だ。彼女にとって数学とは「教育」でもなければ「勉強」でもない。とにかくいつもそばにおいて、四六時中それについて考えていたい「ステキなもの」なのだ。

「私は数学がとっても好きですので、人殺しの道具には使いたくないんです」

リン・チョーソーとリン・コージュは目をぱちくりさせていたが、やがて扇子を口元に当てて、ほほほと笑いはじめた。

「残念ながら私たちとは考えが違うようね。私たちはやはり許すことができないわ」

「人類の知識の蓄積を、ごみを燃やすように処分してしまったこの女を、殺すのよ」

かちりとリン・コージュが何かのボタンを押した。とたんに、檻を囲む竹林の七賢の胴体が開き、鋭利な竹やりが何本も出てきた。それが檻に向かってじりじりと進んでいく。

「人質を放せ！」

大山が怒鳴ると、虎がまた立ち上がった。

「落ち着きなさい。私たちにも情けがないわけじゃないわ」とリン・チョーソー。

「問題を一問解くたび、やりを一本折りましょう」とリン・コージュ。

「問題は全部で」

「二十四問」

「時間はそうね」

「十分間」

十分で二十四問？　かなりのハイペースで解かなければならないだろう。

リン・チョーソーとリン・コージュの二人は両手を開き、ぱん、と同時に手を叩く。するとどうだろう、あたりの竹が中央からぱかりぱかりと割れた。すべての竹に、巻物が入っている。これが問題だというのか。

「それではじめましょう」テーブルの下から砂時計を取り出すと、リン・チョーソーはくるりとひっくり返した。

「第九章、『句股《こうこ》』！」

　僕と大山、カレン刑事の三人は割れている竹の中から巻物を集めては、浜村渚の前に置いた。たしかに二十四、あるようだ。カレン刑事から翻訳を聞いた浜村渚は、さくらんぼノートの上に直角三角形と円を描いている。

「『句股』っていうのは、三平方の定理のことで、『九章算術』にはこれを使った難しい問題がたくさん書かれてるんですよ。円が容るっていうのは『内接する』ってことです」

　難しいと言いながら浜村渚は楽しそうだった。三角形の中に、円が内接しており、この円の半径を求めよという問題のようだった。

「できました！　問十五、答えは六です」

　竹筒の中から出てきた巻物にはそれぞれ問題番号がついている。浜村渚は問一からではなく、広げた順に片っ端から解いているのだった。

「回答正確！」

　しゃりん――リン・チョーソーが鈴を鳴らす。檻の中の戸北館長にじりじりと迫っている竹やりが、ぽろりと一本、外れて落ちた。

　まだ二十秒くらいしか経《た》っていない。これなら戸北館長を救えるかもしれない。改めて目の前の小さな数学少女の能力に感心しながら、彼女のノートに目を落とす。

『句股』。円が内接する直角三角形の図の横に書かれたその言葉が、妙に引っかかった。

句……どこかでこの漢字を見なかっただろうか。

「あっ！」

僕はスマートフォンを取り出し、六階で撮ってきた落書きを見る。

『句は星と水なり』

やっぱりあった。しかし、意味がわからない。待てよ。圭っていうのはたしか三角形で、円が容るっていうのは……

「そうか！」

僕は飛び上がった。ポケットを探り、かしわいろどり図書館の見取り図と周辺図を開く。

「やっぱり」

「どうしたの、武藤？」

不思議そうに訊ねてくる大山に浜村渚を頼み、僕は会話を聞かれないように竹やぶの中へ戻った。スマートフォンで、瀬島の番号をタップする。

《おい武藤、俺を置いていくなんてどういう神経をしてるんだ！》
電話越しに唾が飛んできそうな勢いだった。
「瀬島、ちょっと頼みごとがある」
《頼みごとだと？　武藤、お前いつから俺にものを頼めるようになったんだ？》
「時間がないから早くしてほしい」
僕は強引に、気づいたことを告げた。

Σ

瀬島の返事を待ってから戻ると、砂時計の砂はもう半分以上落ちてしまっていた。

浜村渚はさっきと同じ姿勢で、床に開いたさくらんぼノートにものすごい勢いで図を書きながら計算をしている。

「問七、一丈二尺と六分の一尺です」

「回答正確！」

しゃりんとリン・チョーソーが鈴を鳴らす。ぽろりと竹やりが落ちる。竹やりの残り数はもうだいぶ少ないが、残っている数本の先端はすでに檻の中に入り、あと少しで戸北の体を串刺しにしそうだった。

「あと五問！　渚もカレンもがんばれ」

やることがない大山は後ろで応援しているだけだ。ん？　あと五問……？

「問十七、三百十五歩です」

「回答正確！」

おかしいことに気づいているのは僕だけのようだった。リン・チョーソーとリン・コージュはそろって、中国茶を楽しんでいる様子だ。

浜村渚は立て続けに三問を解答し、ラスト一問となった。

「できました。問二十一、三十三丈三尺三寸と三分の一寸です」

リン・チョーソーは口を一瞬閉じ、

「回答正確！」

しゃりん、と鈴を鳴らす。

「やったー」「すごいわ！」

抱き合う大山とカレン刑事。ぽろりと竹やりが落ちたが……

「あれ？」浜村渚が首を傾げた。「まだ一本あります」

檻にもっとも近い小柄な老人の人形。その胸部から突き出た竹やりが、落ちていない。その鋭利な切っ先は、気を失っている戸北館長の心臓にまっすぐ向かっていく。

「全部、解いたはずですけど……」

ほほ、ほほほほほ、ほほほほほほほ！　リン・チョーソーとリン・コージュは笑い出す。

「残念でしたわ。問題が二十四に対し」

「やりは二十五本あったのよ」

「えっ。助けてくれるんじゃないんですか」

二人は薄く微笑んだまま首を左右に振る。

「『私たちにも情けはある』と言ったのよ」

「二十五本の竹やりで刺されるより、一本の竹やりで死ぬほうが、痛みが少なくて済むでしょう」

残忍な笑み。彼女たちはそもそも、戸北館長を助ける気などなかったのだ。

「卑怯《ひきょう》者め！」

大山が近づこうとすると虎が立ち上がる。砂時計の砂はもう残り少ない。じりじりと戸北館長に近づく竹やり——今しかない。

「これを見てください」

僕はスマートフォンの画面をリン・チョーソーとリン・コージュに見せた。いぶかしげだったその表情が、一瞬にして変わる。

画面に映し出されたのは、砂まみれのビニール袋に包まれた、一冊の古い本だった。

「それは……『九章算術』」

「太刀垣先生が私たちのためにくださったものだわ」

「ブタ女に燃やされたと思っていたのに」

「いったい、どこに？」

僕はスマートフォンをスワイプさせる。六階の壁の文言が現れる。

「太刀垣さんは政府の理系科目排斥政策が敷かれた直後から体調を崩したが、ドクター・ピタゴラスが活動を開始してから一度だけ出勤したことがあったそうですね。そのとき、六階の本棚の陰で何かをやっていたという目撃証言があるのです。この文言は僕がしゃがんだときの目線にあった。車いすに座った人が書くのにちょうどいい高さです」

言葉を失う二人。浜村渚も何が始まったのかと僕を見ていた。

「この言葉の意味が初めはまったくわからなかった。でも、『圭』が三角形を表すの

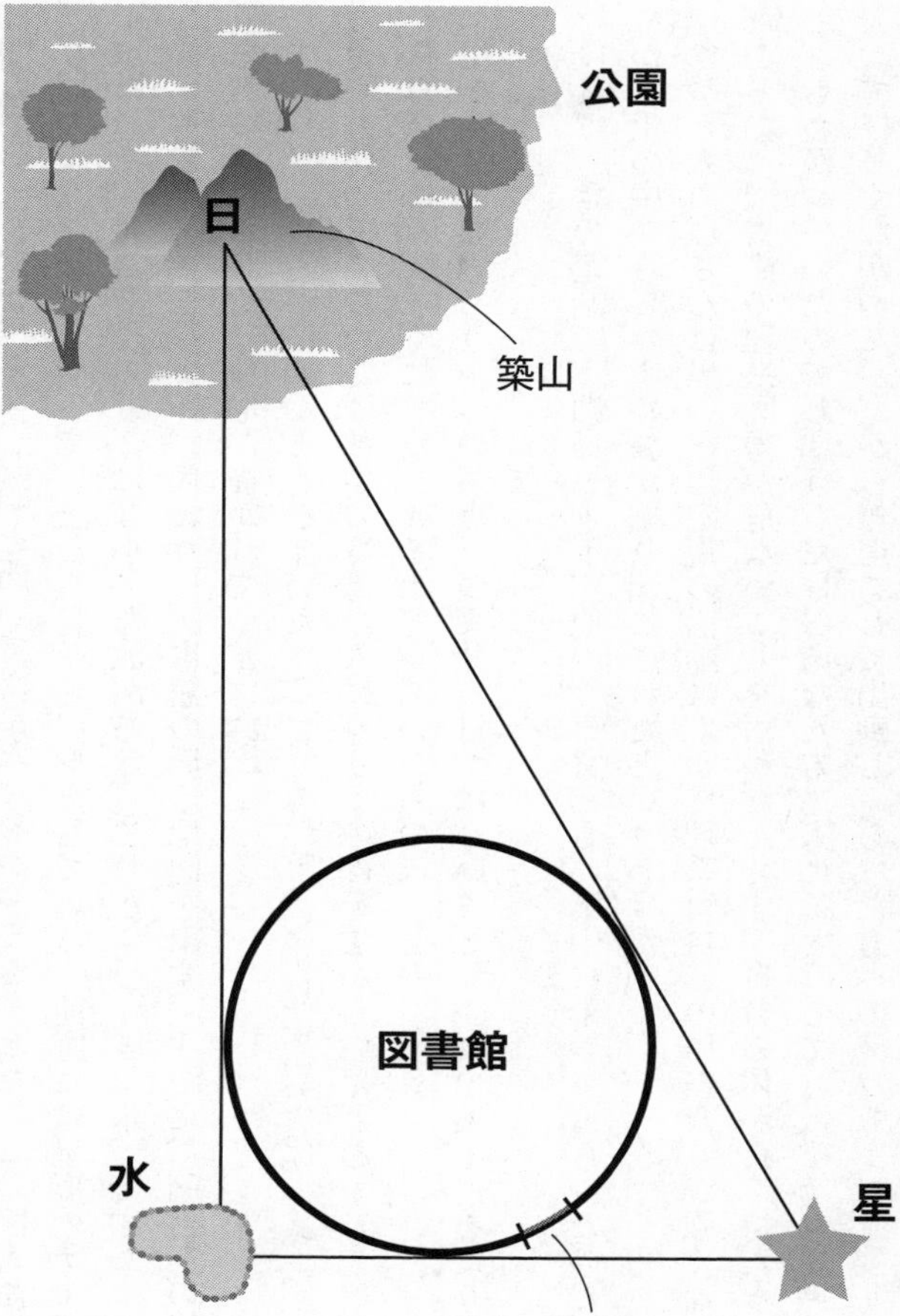
公園
日
築山
図書館
水
星
エントランス

は聞いていたし、『句股』の説明を聞いてだんだんわかってきました。この図書館はプリンのような形をしていて、上から見たら円形をしている。前庭には星形のテーブルがあって、非常階段の近くには小さな池がある。これが『星』と『水』です」

スマートフォンをしまい、代わりに図書館の周辺地図を出す。すでに、図書館の円形を内接させる直角三角形が描かれていた。【図】

「すごっ」浜村渚がぱちんと手を叩いた。「これ、武藤さんが見抜いたんですか」

「定規も使っていないし、数学の得意な人に見せるのは恥ずかしいけどね」

僕は少し照れ、すぐにまたチャイナドレスの二人のほうを向く。

「星と水じゃないもう一つの頂点、つまり『日』は、いろどり公園の築山にあたります」

僕はさっきの電話で、瀬島と木下、他の警察官たちに築山に走ってもらったのだ。やがて土の中からビニール袋が掘り起こされたというわけだった。

「きっと太刀垣さんは黒い三角定規の活動によって理系科目への風当たりが強くなったことで、図書館の理系図書が危ないことを悟ったんです。自分の体が長く持たないこともわかっていたのでしょう。だけどあなた方二人にはどうしても数学テロ組織に入ってほしくなかった。だから無理をして出勤し、あなた方へのメッセージを残してこの本を隠したんです」

「そんな」

「信じないわ」

「私は、武藤さんの言っていることを信じます」浜村渚が言った。「本が燃やされても、私たちの心に数学の真理はあるんです。ここにある限り、また本はできるんです。張蒼さんや耿寿昌さんがバラバラになっていたものを集めて、劉徽さんが解説を書いたように」

浜村渚の数学へのあくなき愛。リン・チョーソーとリン・コージュ——かつて一人の愛ある司書から理系図書のすばらしさを教えられた司書は唇をかみしめたまま目に涙を浮かべている。

「あのさ、早くしないと、やりが！」

大山の大声に我に返る。竹やりの先はもう、戸北の胸に達していた。

「無理です。あの一本は、外れるようにできてない」

リン・チョーソーが言った。

「嘘《うそ》でしょ！　どうすんの！」

「竹に見えるけれど鋼鉄でできています。折ることもできない」

リン・コージュも首を振る。まさか……せっかく彼女たちを心変わりさせたというのに、みすみす人質を死なせてしまうのか。

とそのとき——、

「ここはイチかバチか！」

カレン刑事が床を蹴る。彼女が向かう先には、虎がいた。

僕が止める間もなく、彼女はひらりと虎に飛び乗った。ぐおおおっと虎は立ち上がり、カレン刑事を振り落とそうとする。カレン刑事は足でその胴をしっかり挟み、

「カレンさん、何を」

右手で首を押さえ、踏ん張っている。

「行けえっ！」

荒れ狂うばかりに暴れる虎が、竹やりのほうを向いた。そして、カレン刑事の意思に沿うように力強く床を蹴って飛び上がった。

百五十キロぐらいはありそうなその体が竹やりにのしかかる。耐え切れず竹やりはボキリと折れ、床に転がった。

「やった、ナイス、カレン！」

大山が叫ぶ。ひらりとライダースーツの彼女は虎から降りる。虎はもう興奮してお

らず、カレン刑事がその首筋をなでると、従順そうに伏せた。

終わった……。

「あれ、浜村さんは？」

見ると彼女は、呆然《ぼうぜん》と座っているチャイナドレスの二人の前に行き、さくらんぼノートを開いて見せていた。

「あの、この葦《よし》の問題なんですけど、別解を考えたんです」

呆れてしまう。だがやがて二人も浜村渚の話を聞くように身を乗り出した。

『若人よ、真をもって人に当たることを忘るるなかれ』

六階の壁に書いてあったその言葉が、僕の胸の中でずしりと重みを持っていた。

log100.

『矢印を抱いて眠れ』

$|\vec{e}|$ 矢印の密室

「イーヤサッサ！」

外から大山《おおやま》あずさの気合の入った声が聞こえる。その奇妙な部屋の中にいる僕の目の前で、クレセント錠に結び付けられた紐《ひも》がぴんと張られる。しかし、錠が動く様子はない。紐は窓に対して斜めに伸びているので、力がうまく伝わらないのだ。

「お前、その沖縄民謡みたいな掛け声、何とかならないのかよ」

瀬島《せじま》が文句を言っているのが聞こえた。

「アイヤ、アイヤ、アイヤ、イヤサッサ！」

大山はさらに強く引っ張る。窓がガタガタ音を立てた。

「ストップ、ストップ、壊れるよ！」

僕は慌てて窓を開け、建物の外をぐるりと回って、ドアの前で紐を引っ張っている大山を止めた。そばで鑑識23班の尾財拓弥《おざいたくや》が僕に訊《たず》ねる。

「鍵、かかりましたか武藤《むとう》さん？」

「ダメだった」

「あちゃー」

「そうかー。うまい方法だと思ったんだけどなあ」

大山は持っていた紐の端をぽーんと草の上に投げた。紐はその、色とりどりの矢印の模様で彩られた奇妙な建物の、ドアの真ん中にわずかに空いた穴につながっている。

僕は途方に暮れ、ゆっくりと流れる多摩川《たまがわ》を見る。河川敷《かせんじき》に突如現れた不可解な密室。被害者の素性といい、ドアに描かれた黒い三角定規のマークといい、あのテロ組織のしわざなのは間違いないのだけれど……とにかく密室の謎を解かないことには、何も始まらない。紐を使って室内のクレセント錠をかける——こんな古典的な方法すらままならないのがもどかしい。

「おはようございます」

聞きなれた声がして振り返る。背の低い女子中学生がこちらへ向かってくるところだった。

ブレザータイプの制服に赤いリボン、紺色のスクールバッグ。前髪にピンクのヘアピンをつけ、胸ポケットにはピンクのシャーペンを差す、いつもの格好だった。

「おはよう、渚《なぎさ》、また来てもらって悪かったね！」

「いいですよ。今日、午後の体育、跳び箱なんですもん」

「跳び箱だったら大得意。あたし、代わりに十六段跳んできてあげるよ」

はしゃぐ大山を押しのけ、瀬島がずいと彼女の前に出る。

「おい浜村《はまむら》、あの窓の鍵を外からかけてみろ」

相変わらず、頼んでいるのにまったく頭を下げる様子のない瀬島を、浜村渚はとろんとした二重まぶたの目で見上げ、「なんですか、いきなり」と首を傾《かし》げた。

僕は瀬島を押しのけ、浜村渚の目線と同じになるように膝を曲げる。

「実はね、浜村さん。あのプレハブの中で今朝、死体が発見されたんだけど――」

僕の話の途中から、浜村渚はプレハブのほうへ歩き出した。そして、その矢印だらけの建物をもの珍しそうに観察しながら一周する。僕は彼女について歩きながら説明を続けた。

「――ということなんだけど、わかるかな？」

僕が事情を説明し終わると、再びドアの前に着いて立ち止まり、浜村渚はうなずいた。

「わかるかもしれません」

スクールバッグのチャックをじーっと開き、表紙にさくらんぼの描かれたいつもの計算ノートを取り出す。

「えっとー、どこか書くところ……」

「ナギ、これ使えよ」

尾財拓弥が「警視庁」と書かれたプラスチックケースを運んできて裏返す。

「あ、ありがとうございます尾財さん。えっと瀬島さん、この建物、上から見ても矢印みたいになっていますよね」

「そんなことはわかってるんだよ」

ケースの上にさくらんぼノートの新しいページを広げて折りグセをつける浜村渚に向かい、イライラしたように瀬島が言った。

「数学で矢印といったら、ベクトルです」

浜村渚の一言に、瀬島の動きはぴたりと止まった。偉そうな顔をしていても、彼も僕や大山と同じ数学オンチ。「ベクトル」だなんて耳慣れない難しそうな言葉を聞くと怯《ひる》んでしまうのだ。

「『大きさ』と『向き』を持つ矢印のことなんですけど……まずは、シモン・ステビンさんの大発見から話しますね」

浜村渚はペンケースから定規を取り出すと、楽しそうにノートの上に図を書いていった。

Σ

東京都世田谷区《せたがやく》多摩川の河川敷に突如、死体の横たえられた奇妙なプレハブ小屋が現れたという報《しら》せが警視庁に入ったのは、今朝七時のことだった。

僕たち「黒い三角定規・特別対策本部」はそのとき、大忙しだった。というのも、それよりさかのぼること三時間、早朝の四時に埼玉県戸田市《とだし》の産業廃棄物処理場に黒い三角定規のテロリストらしき一団が押し入り、危険な化学物質を盗み出したという事件が起きていたからだった。もし散布されれば多くの人の体に異常を来してしまうだろう。

「武藤たち、多摩川のほうは任せたから行ってこい」

竹内《たけうち》本部長に命じられ、僕と瀬島と大山は警察車両に乗り込んだ——が、現場に到着するのにはそれから一時間もかかってしまった。

「ご苦労様です。あれが、現場になります」

僕たちを迎えた所轄署の四角い顔の男性刑事はその建物を指さした。

「なんだこりゃ？」

瀬島が頓狂な声を上げた。

それは、いびつな形のプレハブ小屋だった。白地に、黒、赤、黄色、青、茶色と大小様々、色も様々な矢印が描かれている。長さも向きも思い思いだ。

外を一周すると、建物全体も上から見たら矢印のようになっているらしいことがわかった。矢印の尻の部分の壁にドアが取り付けられていて、三角定規が重なり合ったあのシンボルマークが貼り付けられていた。ドアノブを引くが、びくともしない。そのまま今度は逆側に回る。

窓があるが、ガラスが割られている。中に一人、ガウン姿の男性が仰向けに倒れ、そばで鑑識が指紋を採《と》っている。その中に見覚えのある顔がいた。

「おい、タクヤ」

大山が声をかけると、彼はひょいと顔を上げた。

「おっ、大山さん。武藤さんと瀬島さんも。オハヨっす」

髪の毛をだらりと伸ばした、ズボンのすそもだらしない彼は、警視庁鑑識課第23班というガラの悪い鑑識官ばかりが集まる班のリーダーだ。警視庁じゅうから敬遠されているのだけれど、尾財と大山が仲がいいのを理由に、黒い三角定規関係の事件は暗黙のうちに彼らに回ってくるのだった。

「相変わらず到着が早いね」

「お前が道を間違えるからだろ」

瀬島が大山を睨《にら》みつけた。実はカーナビ嫌いの大山が道に迷ったせいで、僕たちは午前七時に通報を受けていたにもかかわらず、到着が大幅に遅れていたのだった。

言い合いを始める二人を放っておいて、僕は窓から、仰向けに倒れている被害者の男性の顔を見た。五十代後半から六十代の男性だ。ガウンを着ていることから見て、自宅にいるところを襲われたのだろう。首にひも状のもので絞められた跡があった。

「被害者の身元は？」

「永原栄五郎《ながはらえいごろう》。この近くに住む英文学者です」

四角い顔の所轄署の刑事は答えた。

「ながはら……」

心当たりがあったので、カバンからタブレット端末を取り出し、操作した。《教育刷新会議参加者リスト》の中にその顔写真付きのデータは見つかった。

永原栄五郎、六十五歳。砧文理大学《きぬたぶんり》の教授である。例の教育刷新会議では理系科目を削減する派閥に属していた。砧文理大学には文系学部と理系学部の交換授業制度があったが、自身の講義を受講していた理系の学生全員に「不可」の評価を下し、理系などは滅んでしまえと叫んだ——と、データには書いてあった。

「これは、黒い三角定規に命を狙えと言っているようなものだよね」

いつの間にか僕の後ろに回り込んで画面を覗《のぞ》き込《こ》んでいた大山が呆《あき》れたように言った。まあ言いたいことはわからないでもないけれど、立場上、そういうことは言うべきではない。四角い顔の刑事は後を続けた。

「昨晩永原は『先に寝る』と同居している家族に告げ、自宅二階の自室に入りました。先ほどうちの署の者が自宅に行って調べたところ、寝室の窓が開いていました」

犯人は窓から侵入して永原を殺し、その遺体をここへ運んできたということだ。

「鑑識としてもその見立てで合ってると思うんすけどね、武藤さん」

割れた窓ガラスの向こうから尾財が話しかけてくる。

「問題は、この死体がどうやってこのプレハブの中に入ったかってことなんすよ」

「はあ？」

瀬島が馬鹿にしたように尾財に近づいていった。

「ドアが付いてるじゃねえかよ。そこから放り込んだんだろうが」

「よく見てくださいよ、瀬島さん」

尾財は右手の親指を立て、くいっとドアのほうを示す。僕にも彼が何を言いたいのかすぐにわかった。部屋の内側から見たドアと壁のあいだには南京錠《なんきんじょう》つきの金具が五つも取り付けられているのだった。

「全部が全部、まったく違うメーカーの南京錠っす。そして、さっきから23班《ウチ》のメンバーが総出でそこらじゅうを探してるんすけど、鍵は一本も見つかってねえっつーか」

外側にかけられているのなら、死体を放り込んで南京錠を施錠したのだろうとわかる。でも、内側にこんなに鍵がかけられていては、ドアは使い物にならない。

「じゃあ犯人は、ドアに南京錠をかけたあと、この窓から出たんだろう！」

ガンガンと窓のサッシを叩《たた》く瀬島。だが尾財は首を振った。

「死体が発見されたとき、このクレセント錠はしっかりかけられていたんすよ。ほら、こうやって」

クレセント錠を掛け金にかける尾財。

「外に出たあと、こうやって鍵をかけるのは不可能じゃないすか」

「たしかに」僕は窓枠に顔を近づけて考える。「窓枠ごと取り外すのもできなさそうだし、磁石でクレセント錠を動かすっていうのも無理そうだね」

「紐でしょ」

大山が人差し指を立てた。

「クレセント錠、っていうの？　その持ち手のところに紐を結び付けて外に出てから引っ張って、掛け金に食い込ませたんだよ」

「だから窓を閉めたあと、その紐はどこから引っ張るんだよ？」

「んー？　どこか壁に穴でもあいてるんじゃないの？」

と、そのときだった。

「リーダー！」

ドアのほうからサングラスをかけた赤い髪の鑑識官が叫んだ。

「なんだよヨシタカ？」

「ドアのど真ん中。アリだったら通れそうなくらいの穴があります！」

全員で外から壁を回り込み、彼の指さしている先を見る。ドアの真ん中に、たしかに小さな穴があった。続いて、

「リーダー」

今度は屋根の上から、髪の先が青いロングヘアの女性鑑識官が、控えめな声をかけながら顔を覗かせた。確か彼女は「指紋の天使」の異名を持つミカQだ。

「屋根の上にも小さな穴があります」

「あらかじめそこから紐を出しておいて、クレセント錠に結び付けておいたんだよ。それで外から引っ張れば、鍵はかかる。よし、実験だ！」

と大山は意気込んだのだが……いざやってみるとうまくいかない。というのも、紐を引っ張る方向が斜めになってしまうので、クレセント錠を思う方向にうまく動かせないのだった。【図1】

Σ

「たとえばここに30キログラムの荷物があったとしますよね」

プレハブの見取り図を描いた隣のページに、浜村渚はカバンの絵を描いた。

「これを瀬島さん一人で持ち上げようとすると、30キログラムの重さがいります」

浜村渚は持ち手を起点として、上向きの矢印を描き「30kg」と書いた。

「なんで俺なんだよ」

図1

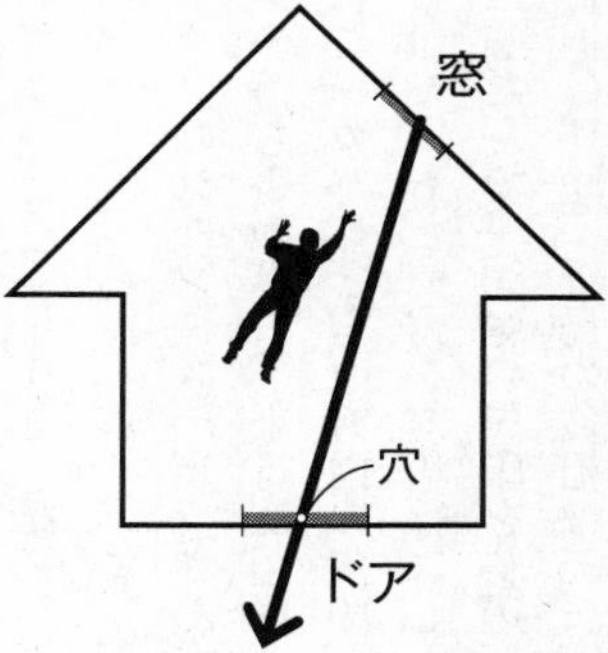

図2

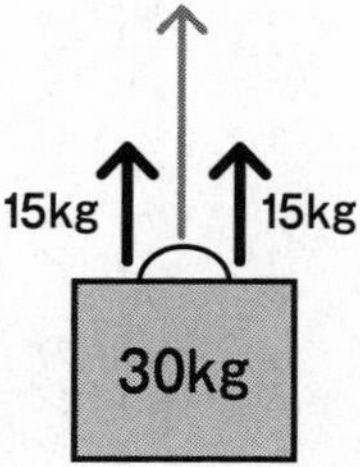

瀬島は納得がいっていないようだったが、僕と大山はうなずく。

「30キロのカバンなんて持ってられるか」

「はい。だから武藤さんが助けてくれることになりました」

同じカバンの絵を描くと、今度は重ねて二つ、矢印を上向きに書く。

「こうやって持つと、一人の負担は何kgですか？」

「簡単じゃん。15kg」【図2】

大山が答えた。浜村渚は「はいそうです」と笑い、僕も納得したが、

「おい、なんで同じ方向なんだ。武藤とぴったりくっついてカバンを持つなんて俺はごめんだ」

瀬島だけはずっと文句を言っている。う

るさいな、と思ったら、

「そう言うと思いました」

浜村渚は平然とピンクのシャーペンを動かし、カバンの持ち手から左右の斜め方向に矢印を書く。瀬島の矢印はカバンのヘリに対して60度、僕のは30度になっているようだ。

「こうやったら、瀬島さんと武藤さん、一人の負担する重さはどれくらいになりますか?」

「やっぱり15kgずつ」と大山は直感で答えてから、首を傾げた。「……ん? いや、それよりちょっと重くなりそうな気がする」

「こうやって力を二つに分けたときのことを計算できないかって一生懸命考えたのが、オランダのシモン・ステビンさんです」

カバンの持ち手の上に、平行四辺形が現れる。僕と瀬島の矢印を一辺とした長方形が書かれた。カバンと垂直方向の矢印が対角線になっている。【図3】

「こうやって、もとの力を対角線にした平行四辺形を書くんです。今はわかりやすく長方形にしたんで、30kgの矢印を斜辺とする直角三角形を使って出せます」

僕の負担は15kg、瀬島の負担は25・98kgということだった。

図3

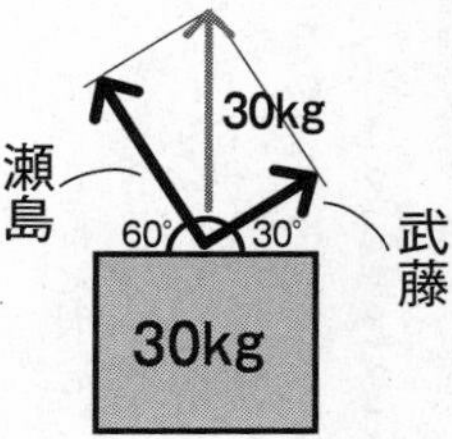

図4

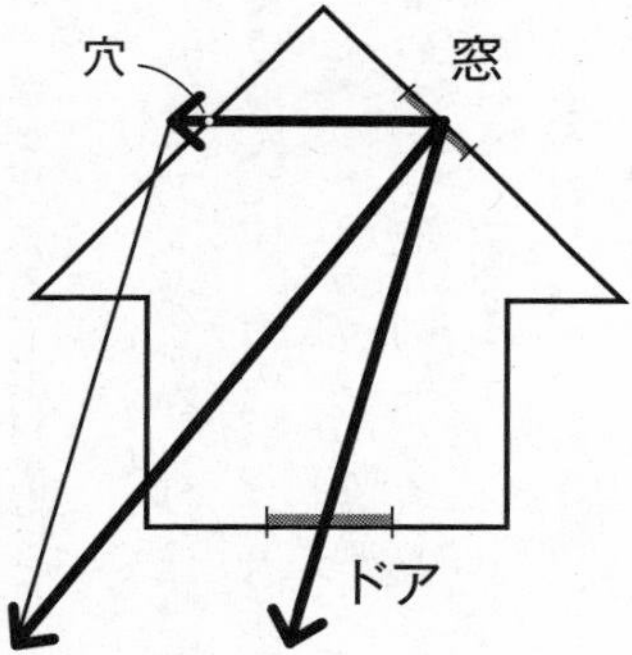

「なんで俺がこんなに負担しなきゃいけないんだ！」

瀬島が喚《わめ》きだす。

「ふーん、もとの力に近いほうの負担が大きくなるんだね」

「はい。これが、シモン・ステビンさんが考えた、『力の平行四辺形』です」

中学二年生ながらにして彼女はこうして、どこから仕入れたのかわからない数学史の知識をたくさん持っている。そして彼女が数学者について語るとき、僕たちはいつでも、無機質に思える数学の中に、真理を追究してきた先人たちの息吹を感じるのだ。

「便利なのはわかったんだけどさあ、これが密室の謎と何の関係があるの？」

大山あずさが訊ねる。浜村渚はピンクのシャーペンでノートの上の見取り図を指した。

「『一つの力を二つに分ける』のと逆に考えれば、『二つの力を合わせて一つにする』こともできるんです。窓の錠の持ち手をまっすぐ引っ張るためには、この斜めの力と一緒に、こっちの斜めの力が必要ってことになります」

ノートの上の見取り図に、クレセント錠を引っ張る力を分けるように、力の平行四辺形が描かれる。【図4】

「……このあたりの壁に、もう一つ、紐を通すための穴があいてると思うんですけど」

「タクヤ！」

大山はすぐに、窓枠に肘をついてこちらを見ている尾財のほうを向いた。尾財は背筋を正し、すぐに23班のメンバーを集め、大山の指示を伝える。

「リーダー、ありました」

一分もしないうちに、赤い髪のヨシタカが騒ぎ出した。赤く太い矢印の一部に穴があいていて、それを隠すようにペンキと同じ色の粘土が詰め込まれていた。まさに、浜村渚が予測したとおりの壁の位置だった。

続いてミカQが、屋根の浜村渚が予測したとおりの個所《かしょ》に、同じく粘土の詰め込まれた穴をもう一つ発見した。

2$|\vec{e}|$ ケイローン・ギブズ

僕たちは長い紐を二本用意し、一本目の真ん中あたりを両側から引っ張ったときに解けるような結び方でクレセント錠の持ち手に結び付け、両端を屋根の二つの穴からそれぞれ出した。二本目の紐も同じように結び付け、両端をドア真ん中の穴とヨシタカが見つけた壁の穴から出す。

まず、ドアと壁の二つの穴から出た紐を合わせて引っ張ると、『力の平行四辺形』の法則によってクレセント錠が90度方向まで動く。さらに引っ張って結び目を解いてドア真ん中の穴のほうから紐を回収する。

続いて屋根の穴から出ている二本を引っ張る。壁とドアの穴を利用しただけでは水平状態までしか動かなかったクレセント錠はこれで持ち手が上向きになり、掛け金に完全にかかった状態になるというわけだ。

「あとはさっきと同じように、屋根の穴からも紐を回収して、四つの穴を粘土でわからないように塞いじゃえばいいんです」

浜村渚はこともなげに言ってにっこり笑った。

「穴が片方ずつしか見つからなかったから、混乱させられちゃったってわけか」

目の前で密室が完成したことによりようやくすべてのからくりを理解した大山はスッキリしたように手を打つ。僕も尾財たち鑑識23班も、到着してからわずか二十分のうちに密室の謎を解決してしまった浜村に感心するばかりだった。

「すげえな、ナギ」

「やるね、この、この」

「やめてくださいよお」

脇腹をつんつんとつつく大山から、身をよじらせて避ける浜村渚。

「それにしてもこの力の平行四辺形って面白いね」

「はい、武藤さん。この考え方をもう少し進めたのがベクトルです。『向き』と『大きさ』を持つ矢印同士を足したり引いたり、『内積』っていう計算もあってもっと面白いんですよ」

目をキラキラさせる浜村渚とは対照的に、瀬島はふてくされたような表情だった。

「しかし、これが何なんだよ。密室を解いたところで、犯人がわかるわけじゃないだ

「この、ベクトルっていうジャンルを専門とするテロリストなんじゃないのかな」

僕が言うと、

「そう思います」浜村渚もうなずいた。

「だから、そいつは誰で、どこにいるんだっていう話だろ」

その直後、ぎゅるるるりーん、と瀬島の鼻先を何かが掠《かす》めていった。

「わあ!」「ぎゃっ!」「ひえっ!」

プレハブ小屋の近くにいた鑑識官たちが頭を押さえてそこらに伏せる。スターンと音がして、プレハブ小屋に何かが刺さった。

それは、一本の青い矢印だった。矢じりにあたる部分に噴射口がついていて、煙が立ち上っている。

「くそっ、なんだよあの矢印は」

瀬島はもじゃもじゃのくせ毛を掻《か》きむしる。そのとき、僕の目が妙なものを捉えた。五十メートルほど川上にかかる橋。その上に、見慣れない影があったのだ。

「あれ、なんだ?」

僕が指さす先に、一同の目が注目する。

橋の上にいるのは、四つ足の動物――おそらくは馬だ。だが、その胴体からにょきりと、成人男性の上半身が生えているのだ。かっちりとしたスーツを着込み、ネクタイまでちゃんと締めている。栗色《くりいろ》のくせっ毛。彫りの深い顔立ちが遠目でも凛々《りり》しく見える。

馬人間は右手に弓を持っていた。ゆったりとした動作で背中にしょっているカゴの中から一本の矢印を抜き出し、弓を引く動作に入る。あまりに不思議な光景に僕たちは唖然《あぜん》としていたが、ぎりぎりと弦を絞る音が聞こえそうな様子に、僕はハッとした。

「危ない！　身を守って！」

一同が我に返ったように頭をカバーして、身を低くする。ぎゅりぃぃぃん――と、空中にロケットのような火花を散らしながら矢印はこちらに飛んでくる。僕たちの間を抜け、再びプレハブの壁に突き刺さった。

「あの野郎っ！」

大山がすぐに地を蹴り、橋に向かっていく。

と、その気配を察したように、馬人間は岸の方向へ顔を向け、進みだした。初めは並足、そしてすぐに駆け足になる。

つあった。

大山の叫び空《むな》しく、男はすでに橋を渡っていってしまい、僕たちの視界から消えつつあった。

「待てーっ！」

「あれは……なんて言ったっけ？　ギリシャ神話の」

たしかカタカナ六文字ぐらいだったはずだ。ダメだ、思い出せない。と思っていたら、

「私、わかりますよ、武藤さん」

僕のすぐそばで、浜村渚が言った。

「あれは、『いて座』です」

……うん。そうなんだけど。僕はそれ以上何も言わず、自慢げな顔をしている浜村渚に「そうだね」と微笑《ほほえ》み返した。

Σ

警視庁に戻ると、戸田市の産業廃棄物処理場から盗み出された危険物質のほうはまだ見つかっていないとのことだった。そちらは竹内本部長たちに任せ、僕たちは馬人

間の正体をデータベースで探る。

彼の正体は明らかになった。

岩道乙矢《いわみちおとや》、四十五歳。砧文理大学に数ヵ月前まであった、工学部機械開発科の教授である。専門はエンジン機構の開発であり、その分野ではかなり名の知られた存在だった。それとは別に、幼いころから親の勧めで流鏑馬《やぶさめ》を習得しており、馬の足の動きに並々ならぬ興味を持っていた。乗馬のみならず、自分でも馬の動きを体感したい――そういう夢を抱き、人間の下半身がすっぽり入る馬の胴体型のエンジン付きパワースーツの開発に力を入れていたそうだ。

試作を繰り返すこと実に二十一年、ついに思いどおりの動きができるプロトタイプ、ケイローンZ－223が完成したところで、政府の理系科目排斥運動が起こった。

砧文理大学でも理系学部への風当たりは強くなり、数学、化学、生物学と、理系の学部が次々と閉鎖。もちろん工学部もその波にのまれた。岩道は寡黙な性格で、人前でしゃべるのが得意な性分ではないが学生の信頼は篤《あつ》かった。彼のもとに集まった学生は工学部の教室棟に立てこもったが、文系学部の教授・学生で形成された理系討伐軍がそこに押し寄せた。

「工学部などという学部はわが大学から消えた！　無駄な抵抗はやめ、即刻投降せよ！」

　討伐軍の先頭でそう叫びながら剣を振り回していたのが、武闘派で知られた文学部教授の永原栄五郎だったのである。

　岩道を中心に立てこもった一同はなお、話し合いでの解決を求めたが討伐軍は聞く耳を持たず、頭に血が上った工学部の学生の一人が開発中だった小型ロケット弾を窓から放ってしまった。

　人に命中することはなかったものの、砕けたアスファルトの一部が討伐軍の学生の数人にけがを負わせたことにより、傷害事件として警察が出動、岩道を中心とする学生たちは逮捕された。

　釈放後、岩道はケイローンZ－223とともに姿を消した――。

「やぶさめ、って何ですか？」

　対策本部のいすにちょこんと座り、クッキーをぽりぽりかじりながら浜村渚が訊《き》いた。時刻はすでに午前十一時三十分。学校をサボった形になったので、お菓子は食べ放題だ。

「そんなことも知らないのかお前は。走っている馬に乗って、弓矢で的を射るんだよ」

「走ってる馬に乗ってですか？」

浜村渚はびっくりしたようだった。

「弓矢って、両手、使うじゃないですか。馬の首、どうやってつかむんですか。シートベルトがあるとか」

「馬にシートベルトがあるかよ」

瀬島は馬鹿にしてクッキーを取る。その横で僕は口をはさんだ。

「足で胴体をしっかり挟むんじゃないかな」

「すごっ……あっでも、下半身を馬の体の中にすっぽり入れちゃったほうが安全ですよね。だからいて座の体を作ったんでしょうか」

「なんだ『いて座』って。ケンタウロスだろ」

ああそれだ！　瀬島の言葉に、ようやく僕は思い出した。ギリシャ神話に登場する馬の胴体に人間の上半身を持つ生き物――ケンタウロスだ。

「渚の言ってることは間違いじゃないよ」

タブレットを僕たちの前ににゅっと差し出す大山。すでに口の周りはクッキーのカスだらけだ。

画面に映し出されていたのは一体のケンタウロスのイラストだった。でも、ケンタウロスではなく〈ケイローン〉という名前が書かれている。

「ギリシャ神話の、ケンタウロス族のリーダーなんだって。音楽、医学、狩猟の使い手で、いて座のモデルである……って書いてある」

「あっ、ほら、やっぱりいて座じゃないですか」

浜村渚が瀬島を振り返る。瀬島はこのケイローンについては知らなかったらしく、悔しそうに歯ぎしりをしている。

「岩道は、ケイローンをモデルに例のパワースーツを作ったみたいだね。矢印みたいな武器のほうはどうなんだろう？」

「ちーっす」

タイミングよく、尾財が入ってくる。さっき多摩川の河川敷で僕たちに向けて射られた二本の矢を回収し、調べてもらっていたのだった。

「タクヤ、もう何かわかったの？」大山が訊ねると、尾財は二枚の紙を差し出した。

「23班《ウチ》のアヤの仕事の早さ、ハンパないっすからね。えーっと、二本の矢印にはまず小さく、『キラーベクトル』っていう文字がありました。これがこの武器の名前かと」

「ふざけやがって」

瀬島がイライラしていた。

「胴の部分はアルミニウムの軽量合金でできてますけど、先端部だけモリブデンとチタンの合金だったっす」

「なんだかすごいね」

尾財の差し出した分析結果を見て僕は驚いた。

「すごいのはここからっすよ。矢じりには軍事利用もされているレベルの小型ジェット噴射器が設置してあって、たとえ斜め上空に向けて放ったとしても、六百メートルはまっすぐに進むだろうってことで。まだ燃料は残ってるっすね。それからここ」

尾財は先端部を指さした。

「空洞になってて、実際に俺らを狙ったものは重り代わりの鉄粉が入っていたんすけど、もしここに火薬を入れられてたら、ぶつかった衝撃でものすごい爆発が起こっただろうって、あのアヤが震えてました」

僕たちも顔を見合わせて青くなった。

タァン！　タァン！　奥のコンピュータ室から不穏な音が聞こえてきて、僕たちはびくりと体を震わせた。錦部春美《にしきべはるみ》が興奮して壁やスチール棚を叩きまくっている音だ。

「きぃーっ！」

コンピュータ室のドアを勢いよく開けて錦部が飛び出してきた。いつもどおり竹刀《しない》を振り回しているけれど、その顔を見て僕たちは仰天する。VRゴーグルを装着しているのである。

「きーっ！　この馬！　人！　馬なのか人なのかわからないじゃんね！　あー、や、や、矢印っ！」

警視庁では最近、VR空間での犯罪に対応するため、各部署にVRゴーグルが配給されたばかりだった。

「落ち着きなよ、春美！」

大山がその背中に飛びつく。僕は急いでコンピュータ室に入り、人数分のVRゴーグルを持ってきた。

装着するとそこは、荒涼たる土がどこまでも広がる風景の中だった。空は爽快感を覚えるほど青く、ギリシャ風の遺跡が立っている。その遺跡の周りに無数のケンタウロスが並んでいて、こちらに向けてびゅんびゅんと矢印を射《う》ってくるのだ。

「きーっ、きーっ！

「ぎゃっ、こらっ、やめろ！」

暴れる黒い影を、さらに暴れる黒い影が押さえていた。アバターは初期設定の黒い影なのだった。

「錦部、落ち着きなよ。VRだから当たっても痛くないよ」

僕の黒い体をさっきから、何本もの矢がすり抜けていく。

「錦部、いったいどういうことなんだ」もう一つの黒い影——瀬島が錦部らしき黒い影の胸倉をつかんで訊ねている。

「対策本部のメールアドレス宛に、いきなり変なプログラムが送られてきたんじゃんね。このVRアプリのものだったから、ゴーグルを装着して開いたら、すぐに矢がびゅんびゅんと」

よく見れば、遺跡の屋根の石材に、黒い三角定規のマークが刻まれている。これは黒い三角定規による、新しい犯行声明——いや、対策本部に直接送ってくるということは挑戦状か？

と、ケンタウロスたちは一斉に弓を射るのをやめた。同時に、ゴゴゴゴ、ゴゴゴゴと地面が揺れる。そういう感覚を味わわせられているのだとわかっていても、やはり怯んでしまう。

遺跡がガラガラと崩れ、その土ぼこりの中、新しい建物が地中から伸びあがってくる。灰色の大きな建物が何棟か。現代のビルだが、どこか古めかしい。ベランダの様子から、集合住宅、いわゆる団地だと思われる。

〈ケイローン・ギブズは怒っている。汝《なんじ》ら、彼を止めることはできないだろう〉

大地を揺るがすような声が聞こえた。ケイローンというのは、さっき見たケンタウロスの名前だ。だがギブズというのは――?

どこからか、黒い鳥が飛んできた。十万羽はいるだろうか。団地の上をぐるぐると飛び交っていたその鳥たちはいつしか集まり、文字になっていった。

『$\vec{a}=(-4,3)$と垂直に交わり、大きさが35のベクトルの成分を求めよ。ただし、その成分の値は共に正とする。』

――数学の問題だ。毎度のことながら僕にはまったく意味がわからないけれど、黒い三角定規らしい。

「内積ですね」

僕のすぐ近くで、ぽつりとのどかな声がした。

「私あれ、大好きなんですよ」

僕より少し小さな黒い影。その真っ黒な顔から、とろんとした二重まぶたの目が僕を見上げているような気がした。

3 $|\vec{e}|$ 内積とイカロス

それから三十分後、僕たちは警察車両で板橋区《いたばしく》を目指して走っていた。運転席には瀬島、助手席には大山、後部座席に僕と浜村渚。もうすっかりおなじみになったポジションだった。

「瀬島、本当に茶賀島平団地《ちゃかしまだいら》で間違いないんだろうね」

「ああ、俺は一度行ったところは忘れないんだ」

VRの中、遺跡が崩れた後に現れた団地は、板橋区の茶賀島平団地だと瀬島は言うのだった。何を企《たくら》んでいるのかわからないが、挑戦状めいたものを送りつけてきた以上、岩道はそこにいるのだろうと瀬島は主張した。

「それより浜村、お前の計算のほうは合ってるんだろうな？」

瀬島は僕の隣の浜村渚に訊ねる。

「合ってますよ。私、内積の計算は好きなんです」

VRの中で出された問題。浜村渚の計算では（21，28）ということだった。茶賀島平団地は広大な土地に多くの集合住宅が建てられており、すべての棟が『○－○

いうように番号で整理されている。目的地はきっとその『21-28棟』だろうということになった。

それにしても、浜村渚の解き方の奇妙なことといったらなかった。「向きと大きさを持つ矢印」が二つあると、当然その間に「角度」ができる。そこまでは僕にもわかるけれど、それを利用して「内積」なる数値を出し、それをもとにしてベクトルの「成分」を出す……まったく理解できない。

「ねえ渚、私、さっきの計算、よくわかんないんだけど」

助手席の大山が口を開く。どうせ聞いてもわからないだろうと僕が黙っていた話を、彼女はよくこうやって訊くのだった。

「何がわかんなかったんですか？」

「なにもかも。そもそもベクトルっていう矢印の正体はなんなの？　一言で言うと」

浜村渚は「一言で、ですか。えっと一……」と、困ったように左手で前髪をいじっていたが、

「〝おみやげ〟です」

と答えた。

「おみやげ？」

「はい。ハミルトンさんの作った不思議な世界から持って帰ってこられたおみやげですよ」

どことなくファンタジーっぽいことを言い出した。首をひねる僕の前で浜村渚はさくらんぼノートを開き、『i』と一文字書いた。

「武藤さん、これ、覚えてますか?」

「虚数単位のiだよね」

二つかけ合わせて『-1』になるという、人間の想像が作り出した数だ。

「はい。このiの発見は数学の世界を広げました。複素数です」

『a+bi』

「覚えてるよ。かけ算を〝回転すること〟と表現する世界が生まれたんだよね」

横浜の事件のときにはこの理屈を利用して事件を解決に導くことができた。僕の中で横浜は虚と実が混じりあった「複素数の似合う街」というフレーズとともにある。

「はい。それでですね、『実数』から『複素数』に世界が広がったように、『複素数』からもう一歩、世界を広げられないかって考えた人がいるんです。アイルランドの、ウィリアム・ローワン・ハミルトンさんです」

ノートの罫線《けいせん》に沿って『ハミルトン』と書かれる。この小さな女子中学生の頭の中にはいったい、どれだけの数学者の名前が入っているのだろう。

「ハミルトンさんは、ｉとは別に、２乗すると-1になる数をもう二つ定義したんです。ｉの次とその次なんで、『ｊ』と『ｋ』です」

『$j^2=-1$』『$k^2=-1$』

「あれ、これだと『ｉ』と一緒の数じゃないの?」

「えっとー、『ｉ』は床にあって、『ｊ』は部屋の中に浮いてて、『ｋ』はその部屋の過去か未来かいつかの時代にある、って感じです。二次元、三次元、四次元って言い方もありますけど」

このあたりから浜村渚の話はかなり難しくなってきた。けれど、僕なりに理解できた感じで言うと、新しく出てきた数を使って複素数のように、『$a+bi+cj+dk$』という数を考えるということだ。こういう数を四元数《しげんすう》というらしい。

「ｊとｋ……また不思議な数が増えたんだね」

「四元数の計算は、普通の数とは違って複雑なところがいくつもあります。けど、ずーっと考えてるととっても不思議で面白いんです。まるで、ハミルトンさんの作った魔法の世界に迷いこんだみたいなんですよ」

『赤ずきん』や『白雪姫』といったおとぎ話を語るようにうっとりした表情で言う

と、浜村渚はノートにさらに式を書く。

「さて、今この世界に、『$i+2j+3k$』って数と『$4i+5j-6k$』って数があるとします」

「ちょ、ちょっと待って。iとjとkだけ？」

「はい。私たちの実数の世界にはない、不思議な世界の数だけです。そして、この二つの数をかけてしまいます」

知らない世界の数を三種類も使って掛け算をするなんて……どうなるか想像もつかない。

「初めの数に後の数をかけるとどうなるかというと」

さっささっさとピンクのシャーペンは動き、こんな答えを出した。

『$4-27i+18j-3k$』

やっぱりわけのわからない数だ。だけど……

「浜村さん、この『4』っていうのは」

「はい、私たちのよく知ってる実数です」浜村渚はにっこり笑った。「魔法の世界の数だけを使って計算したのに、私たちの世界の数が出てくるんです」

「へぇー」

黙っていた助手席の大山が感心したような声をあげる。

「ニライカナイの野菜と卵とスパムで作ったのに、私のよく知ってるゴーヤチャンプルーができたみたいなことでしょ。不思議だねぇ」

ハミルトンの世界を沖縄ふうに理解したみたいだ。浜村渚は、「そうです、不思議なんです」と相槌《あいづち》を打って、先を続ける。

「ハミルトンさんの世界は面白いし、電気の仕組みとかを理解するのに便利なんで、発表されるとたくさんの人が迷いこんで旅をしました。でもそんな旅人の中に、こんな複雑な計算をしなくても、四元数の一部を矢印で表現すれば、私たちの世界の数学だけでも十分理解できるんじゃないの――って言った人がいるんです。それが、アメリカのウィラード・ギブズさんです」

浜村渚は右手の人差し指を立て、唇に添える。ケイローン・ギブズ――岩道が名乗っている数学者の名前だ。

「ギブズさんは向きと大きさを持つ矢印を使うことで、四元数の魔法の便利な部分をもっと簡単に使えるようにして私たちの世界に持ち帰ったんです」

「だから〝おみやげ〟か」

「はい。そのおみやげのひとつが『内積』です。さっきの『4』っていうのは実はマイナスをつけると、二つの空間ベクトルの内積になってるんですよ」

「だからさ」と一度は納得しかけた大山は言った。「その『内積』っていうのは何なの？　積っていうのは掛け算の答えのことでしょ、でも『内』ってのは何よ？　どこの『内側』なの？」

「『内積』って言葉を考えたのはドイツのグラスマンさんなんですけど、グラスマンさんは、二本の矢印が直角に交わっている『0』の状態を基本って考えたんです。それで、この値がプラスになるためには、一本目のベクトルに対して二本目のベクトルが垂直よりちょっと内側になんなきゃいけないってことで、『内積』っていうふうにしたみたいです」

浜村渚が補足をしたそのとき、

「おい、そろそろだぞ」

運転席の瀬島が言った。フロントガラスの向こうには、灰色のコンクリート造りの集合住宅群が見えていた。

Σ

ところが、そこから21－28棟にたどり着くのにさらに三十分以上がかかった。というのも、茶賀島平団地は想像以上に多くの棟があったからだった。入居可能な世帯数は優に五万を超えるといい、かつてはこのすべての部屋に居住者がいたという。

ようやく最寄りの駐車場に車を停《と》めて外に出ると、何やらざわざわした雰囲気だった。

そこは団地共用の公園だった。小さな砂場と滑り台、動物の形をしたバネ乗り物が二つだけ置かれている。子どもは一人もおらず、男女十人ばかりの大人が交番から引っ張り出されてきたらしき制服警官を囲んで何かを訴えている。

「すみません」

僕が代表して声をかける。

「警視庁の『黒い三角定規・特別対策本部』から来た者ですが、何かありましたか？」

「え、えーと……」

若い制服警官が何も言わないうちから、

「黒い三角定規？」「数学テロよ」「テロだわ」「おいおい、うち、年寄りいるのによ」

と、住民たちがざわめきだした。その中から、ホームベースのようなえらの張った輪郭をした六十歳くらいの男性が一歩、僕の前に出てきた。

「わたしゃ、この21ブロックの自治会長ですがね、三十分ほど前にこのふれあい公園で、変な怪物を見たんですよ。馬の胴体にね、スーツ姿の男の上半身がくっついとってね」

僕たちは顔を見合わせる。岩道乙矢に違いない。

「髪の毛は栗色で、そう、この人みたいにチリチリだったけれどね」

と瀬島の頭を指さす。瀬島はカチンと来たらしく、自治会長の手をパンと払った。

「そ、その怪物はどこへ?」

「あの21-28棟です」

指さされた先にあるのが、まさに浜村渚が出した答えの棟だった。

「私ったらあそこの七階に住んでいるんだけどね」

自治会長を押しのけ、だるまのような体形の中年女性が唾を散らしながらまくしたてる。

「エアロビに行こうと思って部屋を出たら、階段をパッパカパッパカ、ものすごい勢いで上っていったわよ。『馬!』って言ったら、上半身がこっちを振り向いた。栗色の縮れ毛で凜々しい顔立ちの、スーツ姿の男だったわ」

お化けでも見たかのように蒼白《そうはく》の表情だった。

「どこに上っていったんでしょうか」

「十八階の1813号室じゃないかな」青いキャップをかぶった青年が言った。「僕はその真下の十七階に住んでいる漫画家なんですけど、最近、昼間に仕事をしていると上の階からカチャカチャって金属音がするんです。上は確か空き室だったはずなのにと思って上ってみると、壁が堅固な金属で覆われていました。大規模なリフォームでもしているのかと自治会長さんに聞いたんですけど」

「そんな話は聞いとらん」自治会長が目を吊り上《あ》げた。「十八階は全部で二十世帯ぶんの部屋があるが、ここ五年はみーんな空き部屋だ。そこに目をつけた輩《やから》が勝手なことをしとるんだろう。おい、お巡り、何とかしろ」

若い警官につかみかかる。

「落ち着いてください」

興奮する自治会長を僕はなだめる。

「十八階っていうのはあそこだな」瀬島はどこからか取り出した双眼鏡を覗いていた。「たしかに、ベランダが鉄板で囲われたメタリックな部屋が一つあるぞ。窓も全部鉄板で覆われてる。天空の要塞って感じだ」

そんな大げさな——と思った、そのとき。僕の袖がくいっ、と引っ張られた。

「武藤さん、あれ、なんですか？」

浜村渚が、上空方向を指さしている。そっちを見て、僕も「ん？」と声を出す。

それは、公園のすぐ脇に建っている21‐27棟の屋上だった。丸い貯水タンクの上に、羽を生やした人影が立っているのだ。

今度は鳥人間——？ そう思っていると、

「あはーっははっは、あはーっははははは」

マイクを通した女性の笑い声が、団地中に響いた。

ばっ、と貯水タンクからその影は飛び立つ。ぎゅいいいーんと僕たちめがけて急降下してきた。

「わあっ」「きゃっ」

地面すれすれに達すると、急に方向を変え、空を滑るように僕たちのあいだを抜けていく。巻き起こるつむじ風に思わず目をつむるけれど、

「やっと来たね、武藤さん」

聞きなれた声に、僕は目を開け、飛び上がらんばかりに驚いた。

すぐ目の前にあるすべり台の上の手すりに、一人の若い女性が腰掛けていた。

背中には大きく真っ白な翼の生えた、ランドセルのような機械。袖なしのゆったり

した白いワンピース。腰の革ベルトと、すらりと伸びた裸足《はだし》に履いた紐サンダル。古代ギリシャをイメージした衣装なのだろうけれど、胸には『$e^{i\pi}=-1$』というおなじみの数式が書かれている。

　ウェーブのかかったショートカットに、光をはじく白い肌。ニッと笑う、横に広い口。腕に巻かれたスマートウォッチのような時計。

「キューティー・オイラーさん」

「やっ、渚ちゃん」

　ひらりと手をあげ、浜村渚に挨拶をする。よく見ればインカムマイクを装着している。

「大山、お前、すべり板のほうから回れ！」

「ん？　これ、『すべり板』って名前なの？　まあいいや！」

　キューティー・オイラーを挟み撃ちにすべく、大山と瀬島がすべり台の両方から駆け上る。瞬間、キューティー・オイラーはスマートウォッチを操作した。ごうっという音と同時に翼が動き、彼女の体は浮かび上がる。

「うわっ、あつっ！」

　顔を手で覆う大山。翼も動いているけれど、実際に彼女の体を浮かせているのは、背中に背負った機械から出ている青いジェット噴射のようだった。

「ケイローン・ギブズはすごいよ。こういう機械をいくつも開発したんだ。安心して。火傷《やけど》するほどじゃない。ロウで固めたイカロスの羽を溶かすわけにはいかないからね。さて共役のkで挟もうか」

「こいつっ！」

大山が手すりから身を乗り出してその足をつかもうとした瞬間、キューティー・オイラーの体は、地面に平行な面を回転するようにすべり台から離れていく。

「はは。ハミルトンは偉大だね。kとkで挟む計算をするだけで、空間の回転を表現できるよ」

茶賀島平団地の住民たちは啞然としてその数学テロリストの動きを目で追っているだけだ。僕もきっと同じような顔をしているのだろう。難解な数学を扱うテロリスト……彼女には毎度毎度、振り回されっぱなしだ。

「四元数の空間を体感できるんですか。私もその翼で飛んでみたいんです」

浜村渚だけがのんきなことを言っていた。

「さて、そろそろお遊びはおしまいだよ。ケイローン・ギブズの怒りのショーが始まるからね」

キューティー・オイラーは声色を変えた。

「怒りのショー？」

「そうだよ。永原教授の一件はまだ始まりにすぎない。放《はな》っていいよ、ケイローン・ギブズ！」

合図をするように手を上げるキューティー・オイラー。21－28棟のほうできらりと何かが光った。とたんに、ぎゅるるるりーんと、朝、多摩川河川敷で聞いた轟音《ごうおん》が響く。キラーベクトルだ！

「危ない！　伏せて！」

僕の掛け声に、住民たちは頭を抱えて伏せる。

だが、火花を散らして飛んできたキラーベクトルが命中したのは、公園から三十メートルほど離れた駐輪場だった。

ものすごい爆音とともに、十数台の自転車が吹き飛ぶ。噴煙が立ち上り、爆風が僕たちを襲った。プレハブ小屋の壁に当たったときとはわけが違う。今放たれた矢には火薬が仕込まれていたに違いない。

「はーっはははは、いい感じだね！」

ばっさばっさとイカロスの翼を動かし、高笑いをするキューティー・オイラー。

「まずは、十六時ぴったり。続いて、十七時ぴったりに恐怖の時間が訪れる」

腕時計に目をやると、午後二時を少しすぎたところだった。

「『すべての内積が0』になるよ！」

また内積だ。数学好きはベクトルと聞くとすぐに内積を使いたがるらしい。どういう意味なんだ……と浜村渚を見ようと思ったそのときだった。

「うわうわうわっ」

キューティー・オイラーが慌てた声を出す。見れば彼女は空中で、逆さになっていた。

「間違えた間違えた。違う、jじゃない」

重力方向にめくれ落ちるスカートを太もものあたりで必死に押さえ、慌てていた。

「これ入力ミス、どうするんだっけ、ねえ！　こう？」

くるり。今度は頭を逆さにしたまま体が回転し、背中がこちらに向くような姿勢になった。スカートは完全に重力方向にめくれている。とっさに目を伏せたけれど、下着のお尻に書かれた『V－E＋F＝2』という式が瞬間的に僕の脳裏に刻み込まれた。

「もう、もう、やめてよ、もう！」

情けない声で怒鳴りながらスマートウォッチを操作するキューティー・オイラー。

ぐるんとようやく頭が空の方向に戻り、体もこちらに向いた。

「……見えた？」

頬を赤らめ、キューティー・オイラーは小さな声で僕に訊いてくる。もうめくれる心配はないのに、まだ太もものあたりを押さえている。どうしようか、嘘《うそ》をつこうかと思っていたら、

「多面体定理でした」

浜村渚が答えた。キューティー・オイラーの顔はゆであがった蟹《かに》のように真っ赤になり、「あーもう！」と、僕の顔をびしっと指さす。

「武藤さん、今回ばかりは絶対に許さないからねっ！　上昇、上昇だよっ！」

ばさっ、とイカロスの翼を大きく羽ばたかせると、ぎゅいーんとキューティー・オイラーの体は上空に昇っていく。そのあいだも、怒りのベクトルと化した彼女の人差し指はずっと僕に向けられている。完全な逆恨みだ……。

やがてイカロスのキューティー・オイラーは、団地と団地のあいだに消えていった。

4 $|\vec{e}|$ どこを狙っている？

茶賀島平団地は野球場二十個がゆうに入るほど広い敷地《しきち》内に同じ形の住宅棟がいくつも建てられている。先ほどの公園に面した喫茶店のテーブル席に、僕と浜村渚は向かい合って座っている。

「瀬島さんとあずさネエさん、大丈夫でしょうか」

ケチャップ色のナポリタンをすすり、浜村渚は言った。皿の端っこに、ピーマンとたまねぎとにんじんがより分けられている。

「大丈夫だとは思うけれど……浜村さんの予想では、狙われているのは22－7棟じゃないんだよね？」

「はい、だと思いますけど」

と彼女は、交番から持ってきた茶賀島平の地図に目をやった。そこには直行する二本の直線が書かれている。

――先ほどのキューティー・オイラーの謎の発言を受け、まず浜村渚を問い詰めたのは瀬島だった。

「おい、『内積が0』っていうのはどういう意味だ？」

「えっとー……ベクトル同士のなす角のcos《コサイン》が0って意味です」

「そ・れ・は、どういう意味だ？」

頭を掻きむしる瀬島に対し、浜村渚はとろんとした二重まぶたをぱちっとさせると、

「ベクトルとベクトルが直角に交わるんですよ」

と言った。瀬島はすぐに丸顔の制服警官に団地全体の地図を提出するように要求する。集まっていた住人たちになるべく遠くに避難するように告げると、全員で団地に付属している交番に押しかけた。

「これが地図になります」

丸顔の制服警官は机の上に地図を広げる。瀬島はペン立てから定規とペンを乱暴に抜き取ると、地図上の21－28棟の位置と、爆破された駐輪場の位置に印をつけ、線で結んだ。

「この線と直角に交わる線か。二本考えられるが、やつはベランダからしか矢を打てない。となると、こっちしかないな」

ぶつぶつ呟《つぶや》きながら、直角に交わる線をぴーっと引く。その先には、道路を隔てて

22-7棟という別ブロックの住宅棟があった。

「やつの狙いはここだ。この建物の住民を全員避難させるんだ。おい、協力しろ」

「は、はい!」

そばで一部始終を聞いていた丸顔の警官はびしっと敬礼をする。その横で、

「ちょっと違うかもしれません」

浜村渚は異を唱えたのだった。瀬島は目を吊り上げた。

「浜村、何が違うって言うんだ? 90度って言ったら、ここしかないだろ」

「空間ベクトルだと思うんです」

「はあ? ごちゃごちゃ言ってる暇はねえんだよ。大山、行くぞ!」

大山と丸顔の警官を引っ張り、瀬島は行ってしまった。僕もついていこうとしたが、浜村渚を一人にしておくわけにはいかないし、彼女がなぜ違うと言ったのかを聞きたかった。

それで僕は彼女を連れ、喫茶店に入ったのだった。昼ご飯を食べ損ねていたので、僕はベーコンサンドイッチ、浜村渚はナポリタンを注文した。

「たしかに、地図上ではこの角度とこの角度は直角になります。けど忘れちゃいけないのは、ケイローン・ギブズさんは十八階にいるってことです。1813号室のベラ

ンダを起点とすると、自転車置き場をめちゃめちゃにしたベクトルは、斜め下向きですよね」

「うん」サンドイッチをほおばりながら僕はうなずく。斜め下向きに飛んでくるキラーベクトルの恐ろしさを僕は思い出した。

「この地図上の線にそって、さっきのベクトルと垂直に交わるように放つとなると、やっぱり斜め下向きになるんです」

浜村渚は開いたノートを見せてくる。21－28棟を含む現場周辺が立体図で表現されていた。それを見たら一目瞭然だ。立体的に考えれば、さっきの矢と直角に交わるように瀬島の向かった方角へ射ると、矢は斜め下に向かい、道路のど真ん中に直撃することになる。

「だから、瀬島さんたちが向かったところはちょっと違うと思うんです」

「なるほどね」

うなずいたそのとき、ダン、ダン、ダダダン、と軍隊のような足並みがどこかから響いてきた。おっ、おっ、おっ、おっ、という特徴的な掛け声も聞こえる。

喫茶店と交番とのあいだの広場に、ジュラルミンの盾を携えた十数名の機動隊員たちが現れた。ヘルメットに防弾チョッキという無骨な格好なのに、首にはチェック柄の短いピンク色のネクタイをつけている。

来たか……。僕は腕時計に目を落とす。三時五分。キューティー・オイラーが予告した「恐怖の時間」まで余裕がある。

それにしても、目立つ登場は相変わらずだ。呆れている僕と浜村渚などお構いなしに、窓の向こうの彼らは盾をくるくる回しながらダンスを始めた。いつもながらに、動きがそろっている。一分くらい踊ったかと思うと、彼らは盾を横一列に並べた。そして中央の二枚がドアのようにこちらに向けて開く。そこに、黒縁眼鏡をかけた細身の隊員が一人、立っていた。ヘルメットは小脇に抱えたままだ。

面白くもなさそうな顔でちらりと僕たちを見ると、他の隊員たちを残し、彼は店に向かってくる。カランコロンとドアのベルを鳴らし、入店してきた。

「お、お疲れ様」「こんにちは」

僕と浜村渚は挨拶をするが、

「馬人間が現れたって聞きましたけど」

彼はいきなり用件を振ってきた。警視庁機動隊第17部隊――立てこもり事件や危険なデモ行為に対して強硬な行動に出る反面、社会人コンクールに出場するダンスチーム「桜田門《さくらだもん》ジュラルミンボーイズ」としても活動する部隊だ。このクールな男、伏川《ふしかわ》真輝《まさき》はそのチームのリーダーなのだった。

「この先の棟の十八階だよ。部屋全体が鉄板に囲まれているからすぐにわかる」

僕が彼らを呼びつけたのは、もちろん立てこもっている岩道乙矢を強制的に引っ張りだしてもらうためだった。もしそれができれば、数学に頭を悩ませることなく事件は解決だ。

「行ってきてくれるかな」

「あー、それはいいんですけど、これ、やっぱ、被《かぶ》ったほうがいいですか？」

伏川はヘルメットをひょいと掲げた。機動隊のリーダーのくせに、髪の毛のセットが乱れるという理由でヘルメットが大嫌いなのだった。

「もともとエンジンの開発者で、危険な武器をたくさん持ってるらしいからね」

はぁー、と伏川はため息をつき、左手を前髪に添えた。そして観念したようにダテ眼鏡を外すと、「預かってて」と浜村渚に差し出した。

「あ、わかりました」

伏川はヘルメットを被り、顎のバックルを止める。とたんに目に闘志の炎を灯《とも》らせたかと思うと、「よっしゃ行ってくるか！」と、テーブルの上のコップが割れんばかりの声で叫んで、店を飛び出していった。

「すごい気合ですね」

「うん」

僕と浜村渚はヌーの大群のようにケイローン・ギブズのもとへ向かっていくジュラルミンボーイズたちを見送った。

Σ

そのジュラルミンボーイズたちが帰ってきたのは、三時五十分だった。僕と浜村渚はすでに喫茶店を出て待っていたが、やってくるジュラルミンボーイズたちの様子がおかしいことに気づいた。

ぴかぴか光っていたジュラルミンの盾のうち二枚が、まるで蜂の巣のようにぼこぼこに穴があいているのだった。思ったより時間がかかっているなと心配していたけれど、岩道を引っ張り出すことには失敗したらしい。

「ひどい、ひどいぞあいつ！」「すげえ兵器だ！」

さっきあんなにそろっていた足並みは乱れ、彼らはうろたえていた。

「伏川。どうしたの？」

ヘルメットの下にびっしょり汗をかいている伏川に僕は訊ねる。

「ありゃ、本物のテロリストですよ、武藤さん」

浜村渚からダテ眼鏡を受け取ると、彼は苦虫をかみつぶしたような顔で答えた。

「十八階に上ったら、すぐに１８１３号室はわかったんですけど……」

インターホンは取り外されていて、ただただメタリックな壁とドアがあるだけだった。ドアを叩くが返事はなく、ノブを引いてもびくともしない。よく見れば溶けてはみ出したあと固まった金属の塊が認められた。

「それってつまり、ドアと壁の隙間を溶接したってこと？」

「そう思います」

なんてことだ。ケイローン・ギブズ、岩道乙矢はもうあの部屋から出てくるつもりはないということだろうか。こんな徹底した立てこもり事件がいまだかつてあっただろうか？

「ただ、扉には新聞受けの穴があったんで、そこを開いて中に声をかけようとしたら、ぱかって、向こうから穴が開いて、自動的に五本くらい銃口が出てきたんです。あっ、と思った瞬間にはもう弾がダダダダと……！」

すんでのところで盾の陰に隠れたため、けが人はいなかったらしいが、そのときのことを思い出してだろう、隊員たちは身震いしている。

「いくら俺らでも、溶接してあるドアを破るのは難しいです」

伏川は顔をしかめた。

それから、ああでもないこうでもないと時間はすぎていき、ついに午後四時になってしまった。

「あっ、見てください」

21－28棟を見上げていた浜村渚が言った。天空の要塞と化した1813号室。鉄板で囲まれたそのベランダに、ケイローン・ギブズの姿があった。

「あいつ……」

悔しそうな伏川。ケイローン・ギブズは弓を構え、キラーベクトルをぎりぎりと引いた。ガチャガチャとジュラルミンボーイズたちは盾を並べて防御する。しかし、あの矢印はジュラルミンをも貫くだろう。

「ベクトルはこっちには向かってこないはずです」

浜村渚は危機感のかけらも感じさせず、ただベランダを見ているだけだ。「内積が0じゃなくなっちゃいますもん」

するとケイローン・ギブズはキラーベクトルを、僕のまったく予想していなかった斜め上空に向けた。ぎゅるぎゅるりん！　と、オレンジ色の火花を散らしながらキラーベクトルは、空のかなたに消えていった。伏川はジュラルミンの盾の陰から顔を出した。

「いったい、あいつは何を考えているんです、武藤さん？」

　十八階の鉄のベランダからこちらを見下ろしているケイローン・ギブズ。太い眉の彫りの深い顔を、僕は見つめる。……何を考えているかだって？　黒い三角定規のテロリストの考えていることなんて常に決まっている。

「数学だよ」

　僕は傍らの浜村渚のほうに視線を移した。彼女はさくらんぼの計算ノートを広げ、たった今矢印が飛んでいった方向の線を書いていた。そして何かを確認したようにうなずくときょろきょろと上空を見回し、ある一点に向けて指をさした。

「武藤さん、狙いは、あれでした」

　それは、つい二時間前にキューティー・オイラーが登場した、21‐27棟の屋上だった。丸い貯水タンクを、浜村渚は示している。

「あの貯水タンクがどうかしたの？」

「一時間後、またケイローン・ギブズさんはキラーベクトルを仕掛けます。今度がきっと、本当の恐怖の時間です」

よくわからなかったが、彼女の頭の中では何らかの計算が答えを導きだしたのだ。本当の恐怖まであと一時間。ベランダに目をやるが、もうケイローン・ギブズの姿は消えていた。敵は、危険な武器で守られた小さくも完璧な要塞の中にいる。いったいどうすれば……。

「武藤さん、あれなんて言いましたっけ？」

とろんとした二重まぶたの目が、僕に向けられていた。

「高いビルが火事のとき、逃げ遅れた人を助けるために、カゴみたいなのをぐいーんってベランダまで上げていく車」

「はしご車のこと？」

「あ、それです。それ、呼べますか？」

「えっ？」

彼女はたまにこうして、突然不思議な質問をする。

「あと、あずさネエさんを呼び戻して、尾財さんにも連絡をお願いします」

どうしてかわからないけれど……とにかく黒い三角定規事件のこととなったら彼女はどんな大人よりも頼りになる。僕は黙って、はしご車を呼び出すことにした。

5|$\vec{e}$| 矢印を抱いて眠れ

午後四時五十分。黄昏《たそがれ》迫る茶賀島平団地21‐28棟周辺はひっそりとしている。周囲の住宅棟からも皆、住民たちはすっかり避難してしまった。

ふれあい公園の広場に、一台のはしご車が止められ、僕と浜村渚は二人、そのカゴに乗り込んだ。ゆっくりと、カゴは上昇していく。

「武藤さん、やっぱりこれ、怖いです」

僕の袖をぎゅっと握ってくる浜村渚。

「下を見ちゃだめだよ」

「はい」

目的の十八階の部屋にたどり着いた。メタリックな鉄板に囲まれたそのベランダは、近くで見るとさらに異様だった。壁もガラス戸もみんな銀色の鉄板で覆われ、その一角に細いドアがあるだけなのだった。

「ケイローン・ギブズさん!」

浜村渚は声をかけた。

「出てきてもらえますか、ケイローン・ギブズさん!」

僕も呼びかける。ややあって、鉄のドアがこちらへ向けて開いた。

ぱかりぱかりと蹄鉄《ていてつ》の音を鳴らしながら、その男はゆっくりと出てきた。

人間の上半身部分にかっちりとしたスーツをまとい、弓とベクトルを携えたケンタウロスだった。……いや、馬の胴体部分に足を隠したパワースーツだというのはわかっているのだけれど、毛並みやしっぽの感じまで、まさに馬だった。

栗色のくせっ毛と太い眉毛、口をきゅっと結んだまま僕たちを見るその表情からは、わざわざはしご車を使って目の前に現れた僕たちに動揺した様子はまったく感じ取れなかった。夕方だからだろうか、ずいぶん凛々しく見える。

「警視庁『黒い三角定規・特別対策本部』所属、武藤龍之介《りゅうのすけ》です」

「千葉市立麻砂《ますな》第二中学校二年生、浜村渚です」

挨拶をしても、彼は何も返さない。今まででいちばん寡黙なテロリストだ。

「多摩川のプレハブの密室を解決したのは彼女です」

「はい。シモン・ステビンさんの力の平行四辺形を使いました」

太い眉毛がぴくりと動いた。それを契機として、浜村渚はまくしたてた。

「それはそうとして、キューティー・オイラーさんのイカロスの翼も、ケイローン・

ギブズさんが作ったんですか。あれすごいです。ギブズさんとかヘビサイドさんは四元数の世界からベクトルの魔法を持って帰りましたけど、やっぱり四元数の魔法も難しくって不思議でステキなんですよね」

「浜村さん」今度は僕が彼女の袖を引っ張る番だ。「時間がないよ」

「あっ、そうでした」

浜村渚はさくらんぼノートを開いて、ケイローン・ギブズに見せる。この棟の周辺の図が立体的に描かれている。

「キューティー・オイラーさんは『すべての内積が0になるよ』って言いました。ケイローン・ギブズさんが初めにベクトルを放った自転車置き場がここです。そして、午後四時に放ったのが、斜め上空の空。二つのベクトルのなす角はぴったり90度でした」

うんうんと満足そうにうなずき、浜村渚は続ける。

「『恐怖の時間』の二度めは午後五時。ベクトルはもう一つあるはずですからこれは空間ベクトルの問題です。自転車置き場のベクトルをa、雲に消えていったベクトルをbとすると、三つ目のcはaとbに共に90度で交わる向きを狙うはずです。それは……」

と、ある方向を指さす浜村渚。はす向かいの21‐27棟の丸い貯水タンクだ。

「今朝、埼玉県戸田市の産業廃棄物処理場から二トンの化学物質が盗まれました」

僕は口を開く。

「揮発性で、散布されれば半径二キロメートルにいる人の体に甚大な被害をもたらす危険物質です。戸田市はここからも近い。もし、あの貯水タンクにそれが仕込まれていて、爆破されたら大変です」

相変わらず口を開こうともしないケイローン・ギブズ。だがその額に、うっすらと汗が浮かんでいる。僕は腕時計に目を落とす。四時五十八分。

「あと二分あります。実行を思いとどまってもらえませんか?」

「私からも、お願いします」

ケイローン・ギブズは僕たちの顔を見たが、すぐに目をそらした。そして弓を胸の位置まで上げ、矢印をつがえる動作に入る。僕たちの願いは、拒否された。

僕は貯水タンクのほうを見る。屋上の縁《へり》に、黒い人影が現れた。作戦実行だ。

「すみませーん、下ろしてください」

僕はカゴから身を乗り出し、下にいる消防隊員に向かって叫ぶ。何事かと目を見張るケイローン・ギブズの前で、僕たちを乗せたカゴは下がっていく。

「ケイローン・ギブズさん。くれぐれもお気をつけて」

浜村渚はその数学テロリストに軽く手を振って、両耳をふさいだ。僕もそれにならって貯水タンクのほうを見る。人影は、矢を射る動作に入っていた。

カゴが十六階部分まで下ろされた。

ぎゅるぎゅるりん！

オレンジ色の火花を散らし、キラーベクトルが飛んでくる。ミサイルのような音を立てケイローン・ギブズの目の前の、ベランダの鉄板に突き刺さった。さすがの威力だが、爆発はしない。……やった、成功だ。

僕は下の消防士に手で合図をする。再び上昇するカゴ。ケイローン・ギブズの顔は汗でびっしょりになっていた。

「驚かせてしまってすみません」

浜村渚は鉄板に刺さって矢じりから煙を出しているキラーベクトルを見ながら謝った。「これ、今朝、プレハブの壁に刺さったやつなんです。鑑識の尾財さんって人に持ってきてもらいました。燃料はちょっと残っていたみたいで、向こうから、大山あずさネエさんって人にやってもらったんです」

21－27棟の貯水タンクの前では、大山と尾財がそろって手を振っていた。

「先にケイローン・ギブズさんが放ったベクトルを$\vec{a}$、$\vec{b}$とします。もうわかっちゃったと思うんですけど、向こうからこちらに向かってきたベクトル$\vec{c}$は、$\vec{a}$と$\vec{b}$それぞれに対して垂直、『すべての内積は０』になります」

ケイローン・ギブズの目が見開いた。

「さて、この後、ケイローン・ギブズさんが、貯水タンクに向けてベクトルを放つとどうなるでしょうか。そのベクトルを$\vec{d}$とすると、それはあずさネエさんの$\vec{c}$と、向きが真逆で威力が同じなので、こうなりますよね」

さくらんぼノートを開いてケイローン・ギブズに見せる。

『$\vec{d}=-\vec{c}$』

「この二つのベクトルのなす角は、向きが逆ですんで１８０度になります。コサインは-1になり、内積は0になりません」

僕にはよくわからなかったが、ケイローン・ギブズはその内容をしっかり理解したようだ。閉じられたままの唇に力が入って顎にしわが寄っている。

「惑わされちゃダメだよ！」

僕は振り返り、「あっ」と声を上げた。

いつの間に飛んできたのか、背後にキューティー・オイラーが浮いていた。

「ケイローン・ギブズ。内積のことはいいから、貯水タンクを狙うの。数学をないがしろにされた悔しさを忘れたの？」

ケイローン・ギブズはハッとし、キラーベクトルを慌てた様子で弓につがえる。ぎりぎりと力強く弦が引かれる。

「ちょっと待って！」

僕は身を乗り出したが、ベランダまでは距離がある。ダメだったか。はしご車まで動員して説得に当たったけれど、これで終わりだ……と思っていたら、

「まだ大丈夫です」

浜村渚が言った。ケイローン・ギブズの動きは止まった。

「四つ目のベクトルがあっても『すべての内積は0』になる方法は残されてます」

彼が今まさに放とうとしているキラーベクトルを、浜村渚は指さしていた。

「それを、『零《ゼロ》ベクトル』にすればいいんです」

「はっ！」

声を上げたのは、キューティー・オイラーだ。

「大きさが0で、向きを定義できない『零ベクトル』です。絶対値は0ですんで、別のベクトルとの内積は0になると定義されています」

『$\vec{0}\cdot\vec{a}=0$』

「ケイローン・ギブズさん、どうぞ、賢明な判断を、お願いします」

浜村渚の計算ノートに記されたその数式をじっと眺め、ケイローン・ギブズは小刻みに震えていたが、やがて弦を緩めた。弓を投げ出し、キラーベクトルを見つめる。そして、そのキラーベクトルを胸に抱くと、目をつむってふーっと息を吐いた。

「あーっ、もう！」

キューティー・オイラーは悔しそうに叫んだ。スマートウォッチを操作してくるりと身を反転させ、ばっさばっさとイカロスの翼を羽ばたかせ、暮れ行く空へ消えていく。

「零ベクトルの内積なんて、普段、考えないよ！」

終わった……。キューティー・オイラーにはまた逃げられたけれど。

「ありがとうございました」

この危機を救った女子中学生は、テロリストにぺこりと頭を下げている。

鉄のベランダの中、夕日に照らされた寡黙で凜々しい顔は、目をつむったまま石像のように動かない。その胸に抱かれた矢印からは、すっかり毒気の成分が抜かれていた。

log1000. 『電卓が愛を語る話』

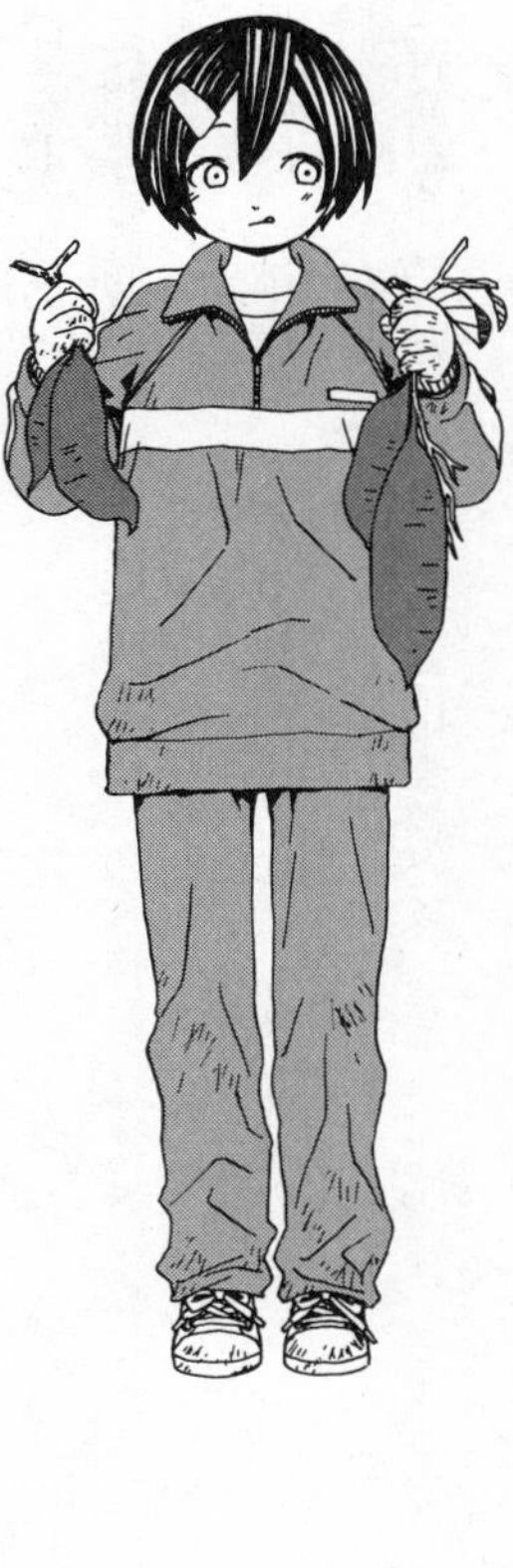

√1　イモ畑に手がいっぱい

その奇妙な事件のはじまりは、午後二時半すぎに対策本部にかかってきた一本の電話だった。受話器を取ったのは、僕だ。

「はい。『黒い三角定規・特別対策本部』です」

相手は若い女性だった。

〈あの、千葉市立麻砂《ますな》第二中学校、二年B組副担任の影山《かげやま》といいますが〉

「えっ？」

僕は反射的に背筋を伸ばした。浜村渚《はまむらなぎさ》の通う中学校だ。しかも、焦っているような口調だった。

「浜村さんに何かありましたか？」

次々と数学テロ事件を解決している浜村渚の存在は、かのテロ集団にもとっくに知れ渡っている。直接コンタクトを取ってきたテロリストもいるくらいだ。いつか浜村渚の身柄が狙われてしまうのではないかと、日ごろ僕たちは危惧しているが、ついにそれが現実になってしまったかもしれない。

だが、影山という相手の反応は違った。

〈いえ、今、課外授業にてイモ掘りをしていましたら、怪しいものが見つかったので連絡を差し上げたのです〉

麻砂第二中学校では毎年、学校から歩いて三十分くらいの場所に借りている畑で、クラスごとにサツマイモを栽培する。育ったところで収穫し、いくつかは自宅に持って帰ることができるのだそうだ。

そういえば以前浜村渚が、「去年、新聞の取材が来たんですよ、イモ掘り」と自慢していたのを僕は思い出した。

今日はまさにその収穫の日だったのだが、畑で不穏なものが見つかったと、影山は言うのだった。

〈黒い三角定規のシンボルマークが書かれた、手です〉

「手、ですか？」

〈手といいますか、手袋と言いますか……とにかく、うちのクラスの畑だけではなく、あちこちのクラスの畑から似たようなものがたくさん見つかったものですから、

テロ組織のターゲットになってしまったのではと〉

よくわからない説明だったが、とにかく黒い三角定規がらみの事件なら動かなければならない。他のメンバーは忙しそうだったので、僕一人、警察車両を運転して千葉まで向かった。

目的地に到着したのは、午後四時をすこし過ぎた時刻だった。見渡すばかりのイモ畑。収穫が終わったばかりということで、イモの蔓《つる》が一ヵ所に山を作っている。

ほとんどの生徒や教師は帰ったらしいが、黄色いプラスチックケースが十個ほど並んだ脇に、一人の女性と、四人のジャージ姿の女子中学生が待っていた。

「お待たせしてすみません、警視庁『黒い三角定規・特別対策本部』から来ました、武藤龍之介《むとうりゅうのすけ》といいます」

「あっ、武藤さーん！」

僕のところに走り寄ってきたのは一人の中学生だった。斉木《さいき》スミレといって、浜村渚とよく遊ぶグループの女の子だ。両手に一本ずつサツマイモを持ち、

「見て見て、イモヌンチャク」

しゅっしゅっと拳法のようなしぐさで動かした。

「ああ……うん」

何度か会っているので彼女がお調子者だということは知っているのだけれど、相変わらず、よくわからないギャグを披露してくる。

「イモトンファーもできるもんね。ほら、ひゅいん、ひゅいん」

「スミレ、変なモノボケやめな。武藤さん、困ってるよ」

彼女を押しのけたのは、里織亜季《さとおりあき》。彼女は僕のほうを向いて、両手に一本ずつ持ったイモを顔の両端につけた。

「イモみずら」

……また困った。

「みずら、って何？」

「もーう、奈良時代より前のメジャーな髪型じゃん。伸ばした髪を顔の両脇でくいって曲げて結んでさあ」

斉木スミレが突っ込む。里織と二人で顔を見合わせ、きゃははと笑う。

「ほらもう、二人とも引っ込みなさい」

注意する女性教師をちらりと見て、斉木スミレは僕の前で芝居っぽく姿勢を正した。

「武藤さん、この斉木スミレが紹介してしんぜよう。ここにいるのが、われらが二年

B組副担任の、影山楓《かえで》先生。去年から麻砂第二中学校に赴任してきたのであーる」

「去年は、風邪ひいてイモ掘りに参加できなかったんだよね」

里織が補足すると、斉木はさらに声を張り上げた。

「誕生日は十一月一日。趣味はカメラで、来月、写真部を立ち上げて顧問になるのであーる。そしてそして、今年の二月二十九日に、結婚して奥さんとなったのであーる」

「こらっ」

べらべらしゃべる斉木を一喝すると、

「すみません、申し遅れまして。影山楓といいます」

ぺこりと影山教諭は頭を下げた。ついさっきまでは学校全体でイモ掘りをしていたが、下校時刻が近づいてきたのでクラスの他のみんなは、担任の教師に引率されて引き上げたらしい。怪しいものについて通報した責任で、影山教諭だけがイモ畑に残って僕を待つことになったが、いつも僕と事件を解決している浜村渚も一緒に待つことになり、三人の友人がそれにくっついて残ることになったということだった。

「私たちが、蔓で渚につながってるイモみたいなもんだよね」

斉木スミレがケラケラ笑う。本当に懲りない子だ。

「いつも、浜村さんにはお世話になっています」

少し離れたところで恥ずかしそうにしている浜村渚をちらりと見ながら、僕は言った。

「そうですか。控えめで目立たないイメージがあるんですけどね」

「先生、そういうこと言っちゃいけないんだよ」

浜村渚の隣にいた、ショートカットのボーイッシュな女の子が言った。長谷川《はせがわ》千夏《ちなつ》。面倒見のいい、浜村渚の親友だ。今まで何度も僕たちの危機を救ってきた浜村渚のピンクのシャーペンは、彼女から浜村渚にプレゼントされたものだった。

「そうね、ごめんなさい。浜村さんは提出物はちゃんと出すし、掃除もちゃんとするし、給食も全部食べるし……」

「給食は全部食べないでしょ。渚、アスパラガス残すじゃん」

「ブロッコリーも」

「ピーマンもたまねぎもオクラもだよー」

里織と斉木が口をそろえ、「もう、やめてよ」と浜村渚は両手をぶんぶん振ったあとで、僕のほうを恥ずかしそうに見た。

「サツマイモは食べますよ。ちゃんと」

にした。

「今日発見された〝手〟というのは」

「あの箱にすべて入れてあります」

影山教諭はイモ蔓の山の側に置いてあった黄色いケースを手で示した。近づいて覗《のぞ》いてみると、土にまみれた黒い物体がいくつか入っている。僕はそれを一つ拾い上げ、土を払った。

黒いゴム製の手袋で、手を入れる口の部分が熱で溶かされてくっつけられている。中に発泡スチロールでも詰められているのか、ふくらんでいて人間の手のようだ。人差し指が立てられ、その他四本は折り曲げられて接着剤で留められている。そして、手の甲にあたる部分には、二枚の三角定規が重なりあった、かのテロ組織のシンボルマークがプリントされていた。

イモ畑は5×5の区画に分けられているが、西から一列ごとに一年生、二年生、三年生の各クラスの畑であり、東側二列は教師用と給食用の畑となっている（なぜか南東の二つの畑だけは二区画分がつながっている）。

「うん」

放っておくと彼女たちはいつまでもしゃべっているので、僕は本題を切り出すことにした。

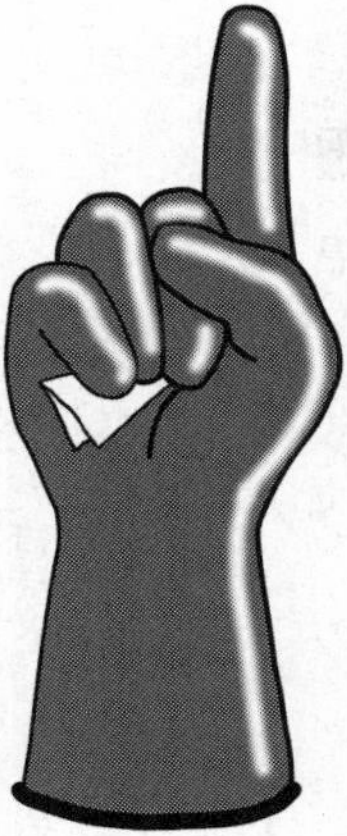

手は、二年B組の畑から三つ、一年A組と三年A組の畑、そして東側から二列目の最北の教師用の畑から一つ、合計六つ見つかっていた。

僕が調べた一つは人差し指を一つ立てられた状態のものだったけれど、他には五本の指をすべて折った拳の状態のものと、指を二本、三本、四本、五本立てられたものがあった。並べてみるとまるで「0、1、2、3、4、5」とカウントをしているように見える。そのうち、二年B組の畑から掘り起こされたのは「0」「1」「4」の三つであり、一年A組の畑からは「3」、三年A組の畑からは「2」、教師用の畑からは「5」がそれぞれ見つかっている。

「ん？」

手袋にプリントされたマークを見ていて、僕はひとつ、おかしいことに気づいた。

「これ変だと思わない、武藤さん？」

いつの間にか僕のそばに近づいてきていた長谷川千夏が言った。

「『黒い三角定規』なのに、白い」

まさに、僕が思っていたことだった。今まであのテロ集団は、全国各地で不可解な事件を数々起こしてきた。シンボルマークなんて数えきれないほど見てきたけれど、それらはすべて黒だったはずだ。こんなふうに、白いものは初めてだった。

「黒い手袋なんだから、黒じゃ目立たないんじゃないですか？」

影山教諭が言うが、

「それじゃあ手袋を白にすりゃよかったのに。どうしてわざわざシンボルマークを黒にできない黒い手袋を使ったの？」

長谷川千夏は引かない。

「そもそもこんな黒いゴム手袋、見たことないし。何に使うんだろ」

たしかに。長谷川千夏はいろいろ観察していて鋭い。友人の浜村渚はとろんとした二重まぶたでじっと手袋を見つめ、首をかしげている。

「その気味の悪いメッセージも見てもらえますか」

影山教諭が僕の手元の手袋を指さした。よく見ると、握られたような形になっている四本指と手のひらの間に、折りたたまれたメモ用紙が差し込まれているのだった。それを引っ張り出し、開く。

『嫌なヤツ　嫌なヤツ　皆殺し』

赤い、乱れた字で乱暴に書かれていた。

「なんだか怖いんです」

浜村渚が言った。

「うん。皆殺しなんて、テロでしょ」

と長谷川千夏。

二人の意見はもっともだ。だが——僕は頬に手を当て、じっと考えた。

「どうしたんですか、武藤さん」

僕の様子がおかしいと感じたのだろう、浜村渚が訊《たず》ねてくる。

「このフレーズ、どこかで聞いたことがあるような気がするんだ。黒い三角定規事件が起こるより前、ずっと昔に」

人のいないイモ畑を見つめ、僕は思い出そうとする。『嫌なヤツ、嫌なヤツ、皆殺し』——ひどく懐かしい。

ぬっ、と僕の目の前に、イモを口の周りに放射状に並べた女の子の顔が現れた。

「わっ！」

のけぞり、尻もちをついてしまった。斉木スミレが四本のサツマイモをまるでひげのように口の周りに添えているのだった。

「イモ垣退助《がきたいすけ》」

「えっ？」

「板垣退助《いたがきたいすけ》の立派なひげをイモで表現して、イモ垣退助」

まじめくさった顔をしているが、意味がわからない。

「スミレっ！」

里織亜季が鋭い口調で言った。注意してくれるのかと思いきや、彼女は小さくて丸いサツマイモを頭の上に載せていた。

「イモ倉具視《くらともみ》」

きゃはは、と笑いあう二人。

「もーう、武藤さんの邪魔しないで！」

長谷川千夏が手を振り回しながら二人を追い回す。僕は立ち上がり、土を払いながらその光景を眺める。夕暮れの畑の中の青春。なんかいいな——と思ってハッとした。

「ちょっと待っててください！」

影山教諭に言い残し、僕は小走りで車へ向かう。たしかダッシュボードに、電卓が入っていたはずだ。

Σ

中学を卒業してからしばらく、僕は『ワイルドボア夢農場《ゆめのうじょう》』という、世間から隔絶された山奥の特殊な施設で暮らしていた。宇元義正《うもとよしまさ》という指導者が「金にまみれた世の中から離れて本当の人間らしさを取り戻す」という目標のために建設したこの施設は、大人たちの住む建物と十八歳までの青少年が住む建物に分けられていて、僕たちは日々、農場での畑作業や、工場でのドリームソース（ただのタルタルソースだったことがあとで判明する）作りに勤《いそ》しんでいた。

崇高な理想を謳《うた》いながらもどこかおかしいんじゃないかと思っていた生活の中で、僕は一人の友人を得ることになった。

僕は樋川《ひかわ》あひるというその友人は、ほつれた毛糸の帽子を深くかぶり、タートルネックタイプの黄色いフリースを着込んで、ひどくかすれた声でしゃべるのだった。僕はよく夕方、よくあひると施設の大根畑で大根を引っこ抜く作業を担当したものだった。あひるは必ずそのうちの一本をくすねて自室に持ち返り、動物や植物、乗り物に建造物など、ナイフ一本で見事な彫刻を作りあげるのだった。あひると僕は妙に気が合って、深夜、みんなが寝静まった後、僕はよくあひるの部屋に遊びに行った。

「嫌なヤツと嫌なヤツが揃《そろ》うと、どうなるか知ってるかい？」

ある夜、いつものように大根ポタージュをすすりながら話していると、あひるは訊ねてきた。

「なんだって？」

「嫌なヤツと嫌なヤツ」

言いながらあひるは、机の引き出しを開け、古びた電卓を一台取り出したのだった。カタカタとボタンを押し、僕に見せてきた。

『１８７８２』

「い《1》や《8》な《7》や《8》つ《2》、ってことか」

語呂合わせだと僕は理解した。あひるは満足そうに微笑《ほほえ》み、僕の前で『＋』を押し、さらにもう一度『１８７８２』と打ち込んだ。

「これで、嫌なヤツが二人揃ったね。さて、どうなるか……」

『＝』を押すあひる。電卓にはこういう数が現れた。

『37564』

「……これは？」

「皆殺し（みなごろし《37564》）さ」

僕はあひるの細い目をじっと見た。あひるも僕の顔を見ていたが、やがて同じタイミングで、僕たちは吹きだした。

「少しだけ通っていた学校で、悪ガキが教えてくれたんだ。電卓なんてこういうふうに使うもんじゃないよね」

「まったくだよ」

僕たちは声を潜めてクツクツと笑った。あの施設での、数少ない楽しい思い出だ——。

Σ

「おおーっ」

僕が電卓に打ち出した『３７５６４』を見て、浜村渚と長谷川千夏、それに影山教諭は感嘆の声を出した。

「これって、やっぱり数学？」

長谷川千夏に訊ねられ、浜村渚は首を傾《かし》げた。

「ただのごろ合わせで、全然数学的とはいえない……けど、偶然の一致でもやっぱり、数は面白いって思わせてくれるよね」

「ちょっと亜季、それ私の青森だから取らないで！」

斉木スミレの怒号が、浜村渚の声をかき消す。彼女は僕の電卓の計算などそっちのけで、十何本かのサツマイモを日本地図のように並べている。「イモー忠敬《ただたか》」というダジャレらしい。対する里織亜季は、サツマイモで遣隋使《けんずいし》船《せん》を造って「小野《おのの》イモ子《こ》」になろうとしているのだ。

「もうほっとこ、武藤さん」

冷静な長谷川千夏が笑ったそのとき。

「そっか！」

浜村渚が大きな声を出した。影山教諭がびくりと身を震わせる。

「武藤さん、電卓、貸してください」

「え、これ？」

僕が差し出した電卓を、彼女は目の前に掲げた。

「やっぱり。イモ畑全体が、電卓のキーの配列みたいになってるんですよ」

どういうことだろう、と電卓とイモ畑を見比べて僕は「ああ！」と叫んだ。

三学年それぞれ、A組〜E組までの合計十五クラスぶんの区画に分けられている。

三年生の区画の東側には教師用の区画が五つ、最も東側には、給食用の区画が四つで、いちばん南側だけ二区画分の大きさになっている——これはまさに、電卓のキーだ【図】。

「ってことはさ、埋められていた手は……」

長谷川千夏の問いに、にこりとする浜村渚。

「グー、指が一本、指が二本、……ってなってたよね。グーを『0』として、0、1、2、3……の順番に、見つかった場所のキーを押したって考えればいいと思う」

イモ蔓の山の近くに置いてあったスクールバッグの中からさくらんぼノートとピンクのシャーペンを取り出すと、浜村渚は猛烈な勢いで該当する電卓のキーを書いていく。数学に触れるときの彼女はとても生き生きしている。土臭いイモ畑でもそれは同じことだった。

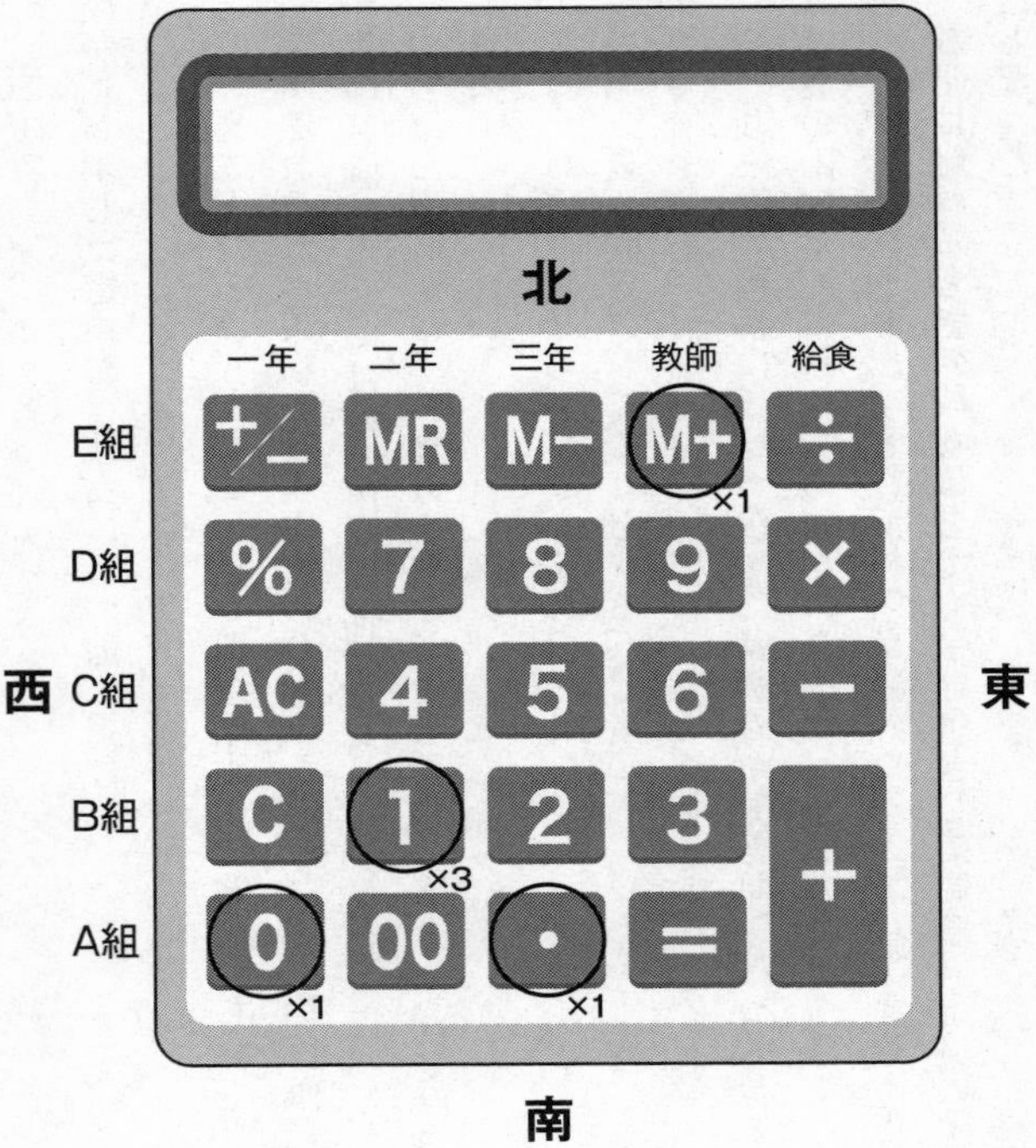

0 → 1 (2－B)
1 → 1 (2－B)
2 → ・ (3－A)
3 → 0 (1－A)
4 → 1 (2－B)
5 → M＋(教師)

「先生」長谷川千夏が、影山教諭の腕をつんつんとつついた。「あれでも渚が、控えめで目立たないって思う？」

「いえ……」

バツが悪そうに頭を掻《か》く影山教諭。普段生徒をよく見ていないことを、彼女は反省したようだった。

√4　全国捜査へ

二日後、僕は大阪にいた。

「なんてことだ、これは……」

天王寺区《てんのうじく》某所。目の前にそびえる建物を見上げ、僕は唖然《あぜん》としている。五階建てのマンションだが、その様相は僕の常識の中のマンションの概念をはるかに凌駕《りようが》していた。

建物全体がヒョウ柄なのだ。さらには、シマウマ柄、ニシキヘビ柄、ワニ柄、クジャク柄と、各部屋のベランダもまた、動物の体表の模様に彩られている。屋上にはライオンとマウンテンゴリラとジャイアントパンダの置物が立てられ、そのまなざしを上空に向けていた。

「デザイナーズマンション、ゆうやつやな」

僕の右隣で、背が低く丸い体形の中年女性が言った。チーターの顔がプリントされたトレーナーと、太ももにぴったりした紫色のズボン。左手首には金ぴかに輝く腕時計、右手首にはヒスイ色とトパーズ色の数珠《じゅず》を装着し、厚化粧のほっぺたを紅潮させている。

「そういや前に、どこかの新聞が取材に来た、ゆうとったで。一銭も取材費出えへんかったて、オーナーが文句垂れとったわ」

戎野《えびすの》ハツエ。いかにも大阪のおばちゃんという感じだが、大阪府警捜査一課が誇るキレモノ刑事だそうだ。

「デザイナーズマンション……ずいぶん派手ですね」

「そんなんはデザイナーさんの勝手やろ。大阪では珍しないわ。私の知り合いのおっちゃんなんか、自転車のハンドルに、こんなでっかい鳥居とビリケンさん載っけてんねんで」

「はあ、ビリケンさん」

「『それ邪魔やないの?』って訊《き》いたらな、『邪魔なことあるかいな、これ載せてから銭がもうかってしゃあないねん』ゆうて。『ほな』ゆうて見送ったら、サドルの後ろに賽銭《さいせん》箱ついとったわ。おっちゃん、動く神社になったんやな」

「はあ……」

「はあ、て。辛気臭い顔しとったら貧乏神よってくるで。ほら行こ」

僕を先導して、マンションの入口に入っていく。エントランスホールは南米から持ってきたらしき観葉植物がこれでもかというくらいに並べられ、くちばしの大きい派手な鳥の剥製が止まっていた。

虹色に塗られた壁の一部に小窓があり、その向こうが管理人室になっているのは通常のマンションと同じだった。戎野刑事はその窓をがんがんがんがんと叩《たた》いた。

「ごめんください！　管理人さんおる？　戎野やけど！」

「叩かんでも聞こえてますがな」

エレベーターの側の観葉植物のかげから、頭の禿《は》げあがった細身の中年男性が出てきた。将棋の駒の模様があしらわれたポロシャツを着て、『泉州《せんしゅう》水なす』と書かれた段ボール箱を抱えている。

「ああ、管理人さん。もうかりまっか」

「ぼちぼちでんがな。そない強《つよ》う叩かれたら、蝶《ちょう》つがい歪《ゆが》んでまう。減価償却費もら

います で」

「ドケチやなあ。アメちゃんいる？」

ポケットからあめ玉の包みを取り出し、管理人に突き出す戎野刑事。

「いらん。それより、はよ持って帰ってや、この気色悪いもん」

「ほい、武藤さん。受け取りや」

「あ、はい」

大阪人のペースに飲まれ、僕は管理人から段ボール箱を受け取る。戎野刑事は僕に中腰になるように指示すると、箱のふたを開き、中からそれを取り出した。

「はぁー、これかいな」

戎野刑事が珍しそうに眺めまわしているのは、ビニール袋に入れられた黒い手——一昨日、麻砂第二中学校が借りているイモ畑で見つかったのと同じ手袋だった。詰め物で膨らまされ、人差し指以外の四本の指は曲げられ、接着剤で手のひらにくっつけられている。ビニール袋には名刺大のメモ用紙が入っていて、『103号室』と書かれていた。

「初めに気づいたのんは、302号室のモヒカン頭のお兄ちゃんや」

管理人はいきさつを話し出す。

「わしは毎日朝の六時半には来るんやけどな、今朝来たら、モヒカン兄ちゃん、待ち構えてて、『俺のベランダにこんなもんが落ちてたんや！』……この手袋をもってきよった。『昨日の夕方はなかったで。これ、クロサンのマークやろ、気色《きしょ》うてしゃあないわ』ってな」

それを端緒として、次々と同じように黒い三角定規の白いマークがプリントされた手袋がベランダにあったと住民たちが訴えてきたので、一度すべての部屋のベランダをチェックして、手袋を回収し、何号室にどれがあったのかメモ用紙を添えて保存したうえで、警察に通報したというのだった。

ちなみに、警視庁の「黒い三角定規・特別対策本部」に大阪府警から連絡があったのは今朝午前十時すぎ。すぐに僕は新幹線に乗り、午後二時に大阪府警本庁舎にて戎野刑事と合流し、このマンションに来たというわけだった。

「状況から見て、夜中のうちによじのぼってベランダに放り込んだのに違いないやろな」

戎野刑事はほっぺたに手をやりながら考えた。がさつな大阪のおばちゃんに見えて、やはりこういうときのまなざしは刑事そのものだった。

「黒い手袋、全部でいくつありましたか？」

僕の問いに、「五つや」と管理人は返答した。グーのものもあるし、指を二本立てているもの、三本立てているもの……と、やはりカウントを取っているように見えた。

「これだけの情報があれば、どのキーを打ち込んだのかがわかります」

「キー？　打ち込んだ？　あんた何言うてんの？」

「犯人は、このマンション全体を、電卓に見立てているんです」

全体がヒョウ柄の、奇妙なマンション。あっけにとられていたのは事実だけれど、僕はただ漠然とこの建物の外観を見ていただけではなかった。五階建てで、一つの階に五つずつベランダがあった。さらに、一階のいちばん端の部屋、１０５号室のみメゾネットタイプで、本来２０５号室と呼ぶべきすぐ上の階の部屋とつながっているのだった。

すべての部屋は電卓のキー、メゾネットタイプの部屋は大きい『＋』のキーになぞらえることができる。

ちなみに、二日前に浜村渚が明らかにした〝打ち込まれたキー〟は以下のとおりだ。

『1』『1』『・』『0』『1』『M+』

「『M+』というのはメモリーに足すということなので、これ以降また事件が起きるかもしれません。そうしたら、またその都度、データを打ち込んでいけばいいんです」

——浜村渚の予想したとおり、すぐにまた事件が起きたというわけだ。大阪というのはちょっと想定外だったけれど。

「はあーん」

僕が説明を終えると、戎野刑事は妙な声を出した。

「あかん、おばちゃん頭が割れそうや。ホンマに数字弱いのよ」

「はあ……」

「糖分が足らへん。管理人さん、この近くに喫茶店、あれへんの？」

「そこ右にまーっすぐ行って、肉吸い屋の角、曲がったらあるわ」

おおきに、と管理人に感謝すると、戎野刑事は段ボールを抱えたままの僕の腕をぐいぐい引っ張った。

「武藤さん、ミックスジュース飲みに行こ」

「ええと、僕は」

「遠慮せんの。大阪来て、ミックスジュース飲まんと帰ったら大恥やで」

そのまま彼女は、僕をエントランスから引っ張り出していった。

その後、喫茶店でミックスジュースを飲みながらはじき出したキーとその順番はこうだ。

『4』『・』『0』『8』『M+』

Σ

さらに二日後の午後三時。僕は、宮崎県にいた。

がたがたと揺れるワゴン車の後部座席。大阪から黒手袋をごっそり警視庁に持ち帰ってからわずか二日しか経《た》っていないというのに、今朝いちばんでまた、「黒い三角定規のマークのプリントされた不穏な黒い手袋が発見された」という連絡が、今度は宮崎県警から入ったのだ。

またかよ、とせせら笑う瀬島《せじま》を横目に僕はすぐに対策本部を出て、羽田《はねだ》空港へ向かったのだ。

「すみませんね、えらくがたがたした道で」

運転をしている椎葉《しいば》という五十代の警察官が言った。

「一時期、ここ日向《ひゅうが》市でも有数の観光名所にもなりそうな感じだったのに、道路を舗装しないもんだからお客さんもすぐに離れていっちゃったんですよ」

「そうでしたか」

「ええ。ところで武藤さんは、鶏肉《とりにく》は好きですか」

「鶏肉？　ええ、まあ」

「宮崎は鶏肉がうまいですよお。駅前に私の好きなチキン南蛮屋がありましてね。あとで行きませんか」

「ええと……」

「あっ！　でもそうか。今日あの店、やってないなあ」

ぺちんと額に手を当てる椎葉。なんとものんびりした刑事だ。

「どうしましょうか、晩御飯」

「ああいえ、お気遣いなく。夕方には東京に戻るので」

「えっ！　泊まっていかないと？」

「はい。今夜にも別の事件が起こるかもしれませんし」

「ははあ、忙しいんですなあ、警視庁は」

あはははあ、と間延びしたように椎葉刑事は笑う。

僕は窓外を見る。ガードレールの向こうは急な斜面になっていて、数百メートル下の森が見える。はるか向こうに青い山々が連なっていて、自然の雄大さを感じさせた。もっとも、不可解な事件の真っ最中だから景色を楽しんでいる余裕などないのだけれど。

「はい、つきましたよ」

椎葉がワゴン車を停《と》めたのは、砂利が敷かれた開けた場所だった。「日向夏カステラ」「日向夏アイスクリーム」と書かれた幟《のぼり》が立てられているが、ショップらしき小屋にはシャッターが下り、白いプラスチック製テーブルにはいすが上げられていた。原付バイクが一台あるが、あたりに人影はない。

「はああ、今日、やってないのか」

椎葉はあたりをキョロキョロした。

「どこ行ったんだ、イワちゃん。……まあいいや、武藤さん、あちらが名物の景色になります」

柵の向こうに手をやった。

眼下に広がるのは海のように青々とした森、その一部がハート形に切り取られたように開拓され、牧草地になっている。僕の目的はその向こうの銀色のフィールドなのだけれど。

「どうです、大したもんでしょう。本当はもっと広く開墾することもできたんですが、ここからの眺めで人々を楽しませようって、放牧場をあんな形にしたそうですよ。一時期は福岡からも観光客がよく来てねえ、東京の新聞社が取材に来たこともありますよ」

椎葉刑事は手を腰のあたりで組んで、自分の所有物であるかのように自慢したが、すぐに眉を顰《ひそ》め、「しかし」と言った。

「今日、やってないんですねえ」

ハート形の放牧場には、牛は一頭もいなかった。

「すみません。それより、ソーラーパネルのほうなんですが」

僕はさりげなく、本来の目的に話を誘導する。牧場よりさらに向こう、こちらは道沿いに正方形に開かれていて、ソーラーパネルが何枚か並んでいる。

「ああ、あれもその牧場のオーナーのイワちゃんがね。……んん？　あれも今日、やってないのかなあ」

「ソーラーパネルは、空が晴れている間は『やっている』ものかと思いますけど」

「あ、ああ、そうですねえ、わははははぁ～」

屈託なく笑う椎葉を横に、僕はソーラーパネルの配置を観察した。

「……やっぱり」

全部で二十四枚。５×５に並んでいるようだが、右下の一枚だけが二枚分の広さになっている。あそこが『＋』というわけだろう。

「あれえ、いらっしゃい」

間延びした声に振り返ると、シャッターの閉まったアイスクリーム屋の後ろから、くすんだ灰色のつなぎを着た、白髪交じりの男性がやってきた。

「あれえじゃないよ、イワちゃん」

「裏の便所に行ってたのよ。来るなら来るって言えよ～」

「今から行くってさっき電話かけたでしょ」

「あれ『今から行く』って言ってたのか。電波が悪くて『今カラオケ』って聞こえたのよ」

「なんで刑事が昼間からカラオケ行くのよ」

「そうか、そうだな」

わははは～と笑ったあとで、椎葉は僕のほうを向いた。

「こいつが、放牧場とソーラーパネルの主、岩切《いわきり》。通称、イワちゃん。俺とは小、中、高の同級生なんですよ」

「成績はずっと俺のほうがよかったんだよ。だけどいつの間にかこいつのほうが公務員」

　岩切は人懐こそうな顔で笑う。どうものどかで調子が狂ってしまう。

「すみませんが、見つかった黒手袋のほうを……」

「おお、そうだった」岩切は再び小屋の後ろに消えると、ゴミ袋をつかんで持ってきた。

「これだよ。朝、散歩がてらにソーラーパネルの点検に行ったら、裏にぶら下がってるんだよ。気持ち悪いったらない」

　ゴミ袋を開けると、やはり黒い三角定規のマークが白くプリントされた黒いゴム手袋が入っていた。グーが一つに、人差し指一本から、二、三、四、五……全部で六個だ。

「どの手袋がどのソーラーパネルにぶら下がっていたかわかりますか？」

「あ？　うん、まあ」

　スマートフォンを取り出す岩切。律儀なことに、すべての手袋の下がっていた状態を撮影したのだそうだ。ソーラーパネルにはすべて、アルファベットと数字があてがわれていた。

僕は一つ一つメモして、どのキーが〝打ち込まれた〟のか書き出してみた。

『1』『1』『・』『0』『3』『M+』

「それにしても、夜中にわざわざやってきてぶら下げたとしか思えないよな」

椎葉刑事が岩切に訊ねている。

「ああそうだろ」

「こんなとこ、夜は明かりがなくて真っ暗だぞ。どうしてわざわざこんな妙なことをするんだ、あんたの追っかけているテロ組織は」

「さあ」僕は首をひねった。手袋に爆弾や危険な化学物質が仕掛けられているわけでもなし、今回の事件ばかりは本当に目的がわからず困っている。

「考えていてもわからないときは、焼酎だろ」

岩切が言う。

「椎葉、今夜テッちゃんの店で一杯やろうよ。あんたもだよ警視庁さん」

やっぱり僕を誘ってきた。

「申し訳ないんですが、これからすぐに東京にこれを持って帰って分析しなければなりません」

「えっ。泊まっていかないの」

「イワちゃんもそう思うだろ？　武藤さん、一日ぐらいいいでしょうが」

「いや……」と言いかけて僕はひとつ、思いついた。

「ところでその、テッちゃんのお店というのは、今日、営業しているんですか？」

二人はきょとんとして顔を見合わせ、二秒後、「あー」と声を揃えた。

「今日、やってないか〜」

Σ

嫌な予感がしていたけれど、僕の出張捜査はこれで終わりではなかった。

宮崎から警視庁に黒手袋を持ち帰ってからさらに二日後の午後二時、僕は漁港にいた。宮城県、気仙沼市《けせんぬまし》だ。

「あ、あ、あの、どうもすみません、こんなかっこうで」

苅田《かりた》というその若い女性刑事は、猫背でぺこぺこ頭を下げてくる。顎の下で切り揃えられたボブカット。背は低く、昨日まで高校生だったのではないかと思えるくらい幼い顔つきだった。鮮魚店の従業員が着る、長靴をそのまま上半身まで伸ばしたようなゴムつなぎを着て、魚の臭いをぷんぷん漂わせている。

「ついさっきまで、別件の傷害事件の凶器を探していたので、こんなかっこうで」

前日の深夜、チンピラ同士の喧嘩《けんか》がこの漁港であり、一人が一人を刺した。今朝になって逮捕された犯人は、「あいつを刺したあと、停泊していた漁船の一つに忍び込んで魚庫にナイフを放り込んだ」と証言した。すでに漁船は漁に出た後で、犯人は自分が忍び込んだ漁船の特徴をまったく覚えておらず、動員された警察官たちが総出で、帰ってきた漁船に片っ端から協力を仰ぎ、魚庫に水揚げされた魚を引《ひ》っ掻《か》き回してナイフを探したというのだ。

「まさか傷害事件が起きたのと同日に、黒い三角定規の事件が起きるなんて」

茆田は心底困ったように額に手をやり、「どうぞこちらです」と僕を案内していく。

「数学に関わる事件ですよねえ、やっぱり。嫌だなあ。私は本当に、数学がいちばん苦手だったんです。高校のころなんていつも赤点で」

僕と似たようなタイプらしい。

「……三角関数の加法定理、ありますでしょ？」

「はあ」

答えたものの、僕はまったくピンとこなかった。

「私の父はお寺の住職なんですけどね、補習の再テスト前になってもまったく覚えられないって相談したら木魚のバチを渡されて、お経に合わせて覚えなさいって言われたんです。今でもそれだけは唱えられます」

彼女は歩みを止めず、さっ、と木魚のバチを握るしぐさをする。

「さ〜い〜ん、あ〜る〜ふぁ、ぷ〜ら〜す、べ〜た……」

木魚を叩く手つきをしながらお経のリズムで加法定理を唱えはじめた。僕は無言でついていく。漁港のメインの建物からどんどん遠ざかっていく。

「たんじぇんと、あ〜る〜ふぁ、まいな〜す、たんじぇんと、べ〜た、チーン！

……着きました」

僕たちが足を止めたところは、牡蠣《かき》の殻のたくさん入ったケースの前だった。コンクリートの上に、もうすっかりおなじみになった黒手袋が並べられている。

「通報があったのは今朝の八時二十分です。牡蠣の養殖をしている《タタサン商会》の社長さんです。大きいサイズの牡蠣を養殖していることで有名で、東京の居酒屋チエーンとも取引していて、新聞の取材が来たこともあります。ドローンを飛ばして、港全体の写真を上空から撮っていましたね」

うつむきながら苅田は説明した。口調こそぼそぼそしているが、どうもおしゃべりは好きらしい。

「牡蠣というのは、筏《いかだ》で養殖するんですよね」

「はいそうです。その筏の、全部ではないのですが、ところどころに一つずつ、この奇妙なゴム手袋が括《くく》りつけられていたんです」

「筏がどういう配置で海に浮かんでいるのか、わかりますか？」

「配置図を預かっております」

苅田はゴムつなぎの内側から、折りたたまれた紙を出して僕に差し出した。僕はそれを見て、やっぱり、と思う。

養殖用の筏は電卓のキーの配置図になっていた。

√9　犯人に迫る

僕の目の前では、大山《おおやま》あずさが難しい顔をしてカタカタ電卓のキーを叩いている。瀬島は腕組みをしたまま、机の上を睨《にら》みつけているだけだ。

机の上には、全国各地から集められた黒手袋がずらり。すべてが電卓のキーに見立てが可能な場所に置かれたり埋められたりしていたもので、その〝打ち込まれたキー〟も明らかになっている。

千葉　『1』『1』『・』『0』『1』『M+』
大阪　『4』『・』『0』『8』『M+』
日向　『1』『1』『・』『0』『3』『M+』
気仙沼　『1』『2』『・』『3』『0』『M+』
だが……意味はまったくわからない。そして、彼らがこんなことをする理由もわからない。何か恐ろしい計画の予告なのかとも思うが、それならいつもどおり動画投稿サイトで犯行声明をアップするはずなのだ。それらしき動画は今のところ、まったくない。
もう一つわからないことがある。犯人が電卓のキーを意識しているのは明らかだ。だが、電卓に見立てられる場所なんて限られている。そんな珍しい場所をどうしてこうも簡単に見つけてこられるのか。それも、全国各地で……。
「んー、これ、みそ汁に入れたら美味《おい》しそうですけど、直接食べるのはしょっぱいですね」
浜村渚は僕が気仙沼で買ってきた「ふかひれジャーキー」を嚙《か》んで感想を言った。
「日向夏のキャラメルもあるよ」
「それはあとのお楽しみです」

その笑顔に僕は、連日の出張の疲れが少し癒えた気がした。

今日は学校が早く終わるということで、知恵を借りるために警視庁に来てもらったのだった。

「でも武藤さんってえらいですよね。ちゃんと、どこかに行ったらおみやげ、買ってくるんですもん」

「えー。それは、普通かと思ったんだけど」

「これ、なんですか？」

浜村渚はふかひれジャーキーの横に座っているビリケンさんの置物を指さした。

「ビリケンさんって言って、幸運の神様なんだって」

ビリケンさんを大事にしとったらええことあるから買っとき買っときと、戎野刑事にしつこく勧められ、ポケットマネーで買ってきたものだった。浜村渚はふかひれジャーキーを置いてビリケンさんに手を合わせ、

「ホンダくんとアキがうまくいきますように……」

と、女子中学生らしい願い事をつぶやいた。

「みやげ物の話はいいんだよ！」

瀬島がわめきだす。

「浜村、今回の事件について、何かわかったことはないのかよ」

「わからないことならありますよ」

瀬島の問いに、浜村渚は何やら逆説っぽい返事をした。

「どうして『M+』を使ってるんでしょうか」

「ん？」

「メモリー機能っていうのは、一度やった計算を、他にメモしておく必要がないように電卓に覚えさせておくためのもので、普通に足し算をしていくだけなら『＋』を押していくだけでいいんです。そうしないってことは、これから、メモリーの中身を放っておいて別の計算をする可能性があるってことかもしれないんです」

相変わらず数学のことになると饒舌《じょうぜつ》になる。だけど……それってまだまだ全国に飛んでいかなきゃいけないってことじゃないか？　僕はもうじゅうぶん行ってきた。今度は瀬島が行ってくれないだろうか。それとも……と、大山のほうを見ると、

「できた！」

彼女は突然叫んで立ち上がった。

「なんだよお前、何かわかったのか？」

「沖縄まんぷく定理だよ」

僕たちの前に電卓を置くと、大山はキーを叩いていく。

「に《2》ん《4》じんし《4》り《6》し《4》り《6》＋ふ《2》ーち《7》ゃんぷ《2》る《6》ー＋ひ《1》ーじ《4》ゃ《8》ーじ《4》る。はい、これで『＝』を押すと……」

『24886』

「ふ《2》ーち《4》ば《8》ー8《8》じご《5》ろ《6》、になる！」

どうやら、『いやなやつ＋いやなやつ＝みなごろし』のようなオリジナルのごろ合わせ計算式を考えたらしい。だけど、意味がわからない。

「どういうこと？」

「だからさ！　にんじんしりしりと、ふーちゃんぷるーと、ひーじゃーじるを食べたらお腹《なか》いっぱいになっちゃったから、『ちょっと食べるの休んで、ふーちばーじゅーしぃは8時ごろにしようかね』ってことだよ！」

説明されてもやっぱり全然わからなかった。

「意味ない計算をするんじゃない！」

瀬島がわめく横で、「あの」と、浜村渚がとろんとした二重まぶたの目を大山に向けた。

「あずさネエさん。にんじんしりしり、ってなんですか？」

計算式よりもそっちのほうが気になるようだった。

「にんじんしりしり、知らないの？」

「にんじんは知ってますけど、しりしり、知らないんです」

「しりしり、知りたい？」

「しりしり、知りたいです」

「意味ない会話も、するんじゃない！」

瀬島がまたわめく。だいぶイライラしていたらしく、勢い余って机に足をぶつけた。

「痛っ！」

その拍子に黒手袋が一つ、浜村渚の足元に落ちた。浜村渚はそれを拾い上げ、

「あれ」

と言った。何かに気づいたのだと僕は反射的に感じた。

「どうかしたの、浜村さん」

「これ、両方とも直角二等辺三角形ですよ」

浜村渚が拾ったそれは、気仙沼市の養殖牡蠣の筏に取り付けられていたものだった。手の甲部分に描かれている白いマークがおかしいと彼女は言うのだ。じっくりと

見て、僕も何がおかしいのかわかった。ふつう三角定規は、直角二等辺三角形と『1：2：$\sqrt{3}$』と呼ばれる少し細い三角形の二枚組である。ところが、浜村渚が注目したそのマークは、直角二等辺三角形が二枚重なっているのだ。

「これじゃあ、三角定規にならないですよ」

浜村渚は不満そうだった。数学好きにとってこんな二枚組を見せられるのは不可解そのものだと言わんばかりだった。大山あずさが気仙沼の他の黒手袋を確認する。

「んー、なんか気仙沼のやつだけ手描きっぽいね」

たしかに。漁港では気づかなかったが、他の場所で見つかった手袋の三角定規マークがプリントされたものであるのに対し、気仙沼のものだけいびつな手描きだ。

「ひょっとしたら、黒い三角定規のしわざじゃないのかな」

どこかでうすうす感じていた可能性を僕は口にした。

「ちぃーっす」

そのとき、対策本部の出入口のほうから尾財《おざい》が入ってきた。相変わらず髪の毛をだらりと伸ばし、鑑識の青い服を行儀悪く着くずしている。片手に持っていた紙の束を、ばっ、と僕たちの前に広げた。

「分析結果、出たっす」

千葉のイモ畑から見つかったものはもちろん、大阪、日向、気仙沼からそれぞれ持ち帰った黒手袋のメーカーを調べるため、成分分析をしてもらっていたのだ。

「手袋の原料はニトリルゴムっていう、まあ、手袋にしてはメジャーな素材だったっす。化学の実験はもちろん、風呂掃除とか、料理とかにも使われるっすね」

「ありふれているってこと？　じゃあ、どこのメーカーが作ったのかわからないのか」

「いや」尾財は人差し指を立てた。「ニトリルゴム手袋自体は主に東南アジアの工場で作ってるものが多いんすけど、黒ってのがミソで、三重県の《トルテンケミカル》ってところが作っていたものしかないんすよ。しかも、需要が減って、三年前に製造を中止してるっす」

「へぇー。そもそも、どうして黒なんだろう」

「その疑問に対する答えをスパッと出したのが、またもや23班《ウチ》のアヤですよ」

尾財は自慢げに胸を張る。

「アヤって実は、親父《おやじ》さんも鑑識官だったっす。まさにサラブレッド。その親父さんが、黒いニトリルゴム手袋を愛用していたんです。写真の現像に」

かつてフィルム写真が主流だったころ、現場状況を撮影したフィルムは暗室で現像するのが当たり前だった。光を吸収するため、暗室で化学薬品を扱うのに使われていたのが黒い手袋だったというのだ。

「今や警察どころか、どこもかしこもデジタルカメラっすからねえ」

「なるほどな」瀬島が腕を組んだまま言った。「それで黒手袋の需要も減り、三重県の会社も製造を止めたというのか」

「そういうことっす。今は売ってない黒手袋をこんなに持ってるってことは、犯人は、もう何年もやってるベテランのカメラマンじゃないすかね」

「それは単純じゃない?」

と大山が馬鹿にする横で、僕はがたりといすから立ち上がった。

「どうしたんですか、武藤さん」

浜村渚が心配そうに僕を見上げた。

「浜村さん。イモ掘りの行事、去年新聞社に取材されたって言ってなかった?」

「えっとー、はい。それっぽい人たちが三人来てて、セチとか、インタビューされてました」

「それって、何ていう新聞かわかる?」

「えっとー、たしか……天ぷらの『天』っていう字が入ってました」

「天実《てんじつ》新聞だろ」瀬島が言った。有名な全国紙だ。

「大阪のマンションと日向市の牧草地も、両方新聞に取り上げられたって言ってた。気仙沼の漁港もだ。新聞社がドローン撮影をしたときに、牡蠣養殖の筏が写りこんだんだ」

「それがどうしたんだよ」

瀬島は睨みつけてきたけれど、僕は確信していた。犯人に、確実に迫っていることを。

僕は天実新聞社に問い合わせるべく、電話の受話器を取った。

√16　犯人

深夜零時。僕は黒いコートに身を包み、ゴミ箱の陰に身を潜めている。

敷地《しきち》内にはたくさん建物が並んでいるのだから、別にゴミ箱の陰じゃなくてもいいのだが、なんとなく犯人の目を欺くならゴミ箱の陰だろうかと思ったのだった。

それにしても静かだ。営業時間が終わって、従業員すらいないのだから当たり前か……。

僕がいるのは、埼玉県川口市《かわぐちし》にあるフードテーマパーク〈デリシャスワールド〉だ。世界各国の建造物を模した店が並び、そこで各国の料理を楽しむことができる。ひとつの注文の量があまり多くないので、食べ歩きをしながら世界旅行気分を味わえるというのがウリだった。

僕にとっての興味は、このテーマパークを上から見たら、並んだ建物の配置が、電卓のキーに見えることだった。

ごほん、と咳《せき》をしてから慌てて周囲を見回した。もし犯人が来ていて、気づかれたら大変だ。

周囲に人影はない。

やはりここではなかったのだろうか。だとしたら、瀬島か大山の張り込んでいるところに現れるか……。

いや、と思い直す。犯人は今まで、深夜に手袋を仕込んでいる。だとしたら、まったく何も気配がしなくても、朝まで、あるいは瀬島か大山のどちらかから連絡があるまで、待ち伏せをし続けなければいけない。

——その後、息をひそめたまま一時間が経過した。

やっぱり、誰も来ない。だんだん眠くなってきた。ここ一週間で、千葉、大阪、宮崎、宮城と全国を飛び回ってきた疲れが回ってきたようだ。

……ダメだ。ここで眠ってはいけない。

からーんという音が聞こえたのはそのときだった。びくりと身を震わせる。

深夜のあいだも、各建物の前には小さな常夜灯がついている。パキスタン料理を出す建物の前に、空き缶が転がっていた。風で倒れたのだろうか……と思っていたら、わずかに影が揺れた。

来た！　僕はゴミ箱の陰から、その人影を観察する。

背伸びをして軒下に何かをぶら下げている。ごほごほという咳が聞こえる。

人影は仕事を終え、僕のいるゴミ箱とは反対方向へ去っていった。僕はこっそりゴミ箱の陰から出て、パキスタン料理店の下に足を運ぶ。

間違いなかった。ぶら下げられているそれは、この一週間、毎日見てきたあの黒い手袋だった。やっぱり、僕はこの事件を解決するように運命づけられているようだった。

僕はその手袋を軒下から外して肩掛けカバンの中に入れる。人影の消えたほうに向かい、尾行を開始する。

人影はどんどん〝仕事〟を遂行していく。僕は後を追い、その都度、手袋を外して回る。

ブラジル料理店の軒下に五つ目の手袋をぶら下げた人影は、出入口のほうへと歩き出す。

「巡田《めぐりた》さん」

僕は、その背中に声をかけた。彼はびくりと肩を震わせ、足を止めた。

「巡田三郎《さぶろう》さんですね。こちらを向いてください」

素直にこちらを向いてくれればよかった。だが彼は僕を無視し、逃走しはじめた。

「待って!」

とっさにアスファルトを蹴る。追いつけるだろうか。……いや、距離がありすぎる。もう少し近づいてから声をかけるべきだったと後悔した。

「待ってください!」

もう一度叫ぶが、相手が立ち止まる様子はない。

だが次の瞬間、彼は大きく咳《せ》き込《こ》み、転倒した。何かにつまずいたというような感じではない。胸を押さえ、苦しそうに身をよじらせている。

「巡田さん!」

僕は駆け寄り、彼の側にしゃがむ。瞬間、げぽっ、という音と共に彼は何かを吐き出し、僕の手にも飛び散った。

真っ赤な血だった。

Σ

僕は自ら呼んだ救急車に乗り込み、その男の枕もとに座っている。年齢は五十五歳というが、こけた頬の周りの無精ひげには白いものが混じっていて、それより十歳は上に見えた。

「……武藤さん……でしたっけ？」

ストレッチャーに固定されたその男——巡田三郎は、僕のほうに目を向け、弱々しい声で話しかけてきた。口元にはさっき吐いた血がまだかすかについている。

「無理しないでください」

救急隊員が注意するが、巡田は右手を少し上げ、大丈夫というような仕草をした。

「武藤さん、教えてもらえませんか？」

「何をです？」

「どうやって私にたどり着いたか、そしてどうして〈デリシャスワールド〉に現れるとわかったのか」

「知恵を絞りました」

僕は彼に答えた。

「すべての現場が、電卓のキーに見立てられていることはわかりましたが、犯人がどうやってそんな場所を探し当てているのかがいちばんの謎でしたから」

「はは……そうでしょうね」

巡田は力なく笑う。

「二日ごとに起きているのは、一日を移動日に当てているからだろう……なんとなくそれはわかったものの、あらかじめこういう場所をチェックしてリストアップしているとしか思えませんでした。謎が解けたのは、手袋の出所がわかったからです」

「ほう……」

「黒のニトリルゴム手袋をよく使用するのは、フィルム写真の現像の場だそうですね。犯人はカメラに造詣の深い人だろうと思った。それでピンと来たのが、初めのイモ畑が中学校の課外学習に使われていたことです。去年、新聞の取材を受けていると言っていました。大阪のマンションでも、日向の牧場でも、気仙沼の牡蠣養殖場でも僕は同じようなことを聞いていたんです。新聞社に問い合わせたらすぐに答えてくれました。それらの取材は天実新聞社の記事で、写真を担当したのはすべて、巡田三郎という、最近まで勤務していた専属カメラマンだったと」

巡田はカメラマンとして実に、全国の二千ヵ所以上の取材に同行し、写真を撮っていた。フィルムカメラを好んでいた彼は、会社のデジタルカメラとは別に自前のフィルムカメラでも行く先々の風景を撮影していた――と天実新聞の担当記者は電話越しに僕に告げたのだった。

「このカメラマンは、自分が撮影した全国二千ヵ所以上の写真の中から、電卓のキーの配置に見立てられる場所を見つけ出し、そこに出向いては、ニトリルゴム手袋を残したのだろう……僕はそう思いました。そして、天実新聞に頼み、あなたが今まで取材先で撮影した写真のデータをすべて送ってもらったのです」

「なんと……」

巡田は驚いたように瞼《まぶた》を見開いた。

「全部、調べたのですか」

「はい。大変な作業でしたが、やがて電卓のキーの配置になりそうなところを三ヵ所、見つけました。北海道・余市《よいち》町のりんご畑、鹿児島県・奄美大島《あまみおおしま》のコンテナ式宿泊施設、そして、埼玉県・川口市の〈デリシャスワールド〉です」

「余市と、奄美大島にも……？　本当ですか？」

撮った本人は見つけられなかったらしい。余市には瀬島が、奄美大島には大山が飛んだ。先ほど、巡田の身柄を押さえたことを連絡したから、朝になったら急いで東京に戻ってくることだろう。無駄足になったことを知ったら二人とも怒るだろうから、黙っておこう。

「大変な苦労をされましたね……ごほっ、ごほっ」

笑いながら、巡田はむせた。

「大丈夫ですか」

「……失礼。ご心配おかけします。社から聞いたと思いますが、私は肺を悪くしまして、もう先が長くないのです」

それで新聞社を退社したばかりなのだと、僕はたしかに天実新聞の記者から聞いていた。

「わからないんですよ、巡田さん」

僕は頭を振りながら訊ねる。

「どうしてそんな体で、全国を飛び回るような無理をして、こんなおかしなことをしたんですか？　……黒い三角定規に加盟しているわけではないでしょう？」

そもそもシンボルマークが白いのが変だということと、浜村渚が気づいた直角二等辺三角形二つのことを僕は話す。巡田は恥ずかしそうにははと笑った。

「これはうっかりしていました。

——ご明察のとおり、私は黒い三角定規になどまったく関わりはありません。数学はむしろ苦手でして、でも、電卓のごろ合わせ計算はむかしから好きなんです。今回のことを思いついたのはおっしゃる通り、自分の撮影した写真の中に電卓に似た景色が見つかったからです。黒い三角定規のマークの付いた手袋と『嫌な奴、嫌な奴、皆殺し』のメッセージを残せば必ず警察が動いてくれ、電卓のメッセージだと気づいてくれると思いました。……かつて大量に買った黒いニトリルゴム手袋を余らせていましてね。もったいないので今回のことに使おうと考え、ビニール製品にプリントできるプリンタをリサイクルショップで購入しました」

んん……と首を動かす。顔色こそ悪いが、どこか楽しそうな表情だった。

「ところが黒い手袋に黒いインクでシンボルマークをプリントするわけにはいきません。そこで白いインクを使ったのですが……やはりそれはいただけませんでしたかね。千葉、大阪、日向の現場に残した手袋まではそれでよかったのですが、何せ中古だったもので、プリンタが故障してしまいましてね。しかたなく気仙沼で使う予定だった手袋のマークは私が自分で描いたのですが……そうでしたか、三角定規の形がねえ」

あちこちで感じていた違和感に対する答えは得ることができた。だけど巡田は、僕の質問の肝心な部分に、まだ答えていなかった。

「なぜです？　なぜこんなことを」

僕がもう一度訊いたところで、巡田は「ぐおほっ！」と、上体が起き上がるくらいの大きな咳をした。その体を救急隊員が押さえる。

「無理なさらないで。刑事さん、もうこれ以上はお話ししないでください」

「は、はい……」

「武藤さん……」

焦る僕の前で、

なおも巡田は何かを言おうとしていた。

「今回のことは、報道はされるでしょうか」

「はい？　報道ですか？」

「ぐおはっ……！」

「しゃべらないで！　刑事さんも反応しないでください！」

Σ

川口なのはな総合病院に運ばれた巡田はすぐに手術室に運ばれ、緊急手術を受けることになった。手術室の前で僕は、巡田の家族に連絡を入れようと、巡田が所有していた身分証の緊急連絡先に電話をした。

〈はい、もしもし〉

時刻は午前三時。相手は中年女性で、眠そうな声だった。

「すみません、警察の者ですが、巡田三郎さんのご家族でしょうか」

〈家族？　いいえ違いますよ。私は三郎さんにお家《うち》を貸している大家ですよ〉

彼女によれば、巡田はもう五年以上前に妻を亡くし、娘と二人暮らしをしていたが、その娘も三年ほど前に出ていったのだという。

「それで今は、一人暮らしなんですか」

〈ええ。仲のいい親子だったんですけどねえ。もう何年前になるかしら。第一志望の大学に受かったときには親子三人で浮かれちゃって。入学の日の写真、私が撮ったのよ。花まつりだからってお花の飾りを三人で頭につけてねえ〉

電話越しなのに遠い目をしているのがわかるようだった。

〈娘さんも三郎さんに似て写真が得意で、大学在学中に「全国・文化の日写真コンクール」でグランプリを獲《と》ったのよ。そのときも三人で喜んじゃって。でもそのあとすぐにヒトミさんは病気にかかっちゃったのよ。進行が速くてかわいそうだったわねえ〉

ヒトミさんというのは、巡田三郎の妻の名前らしかった。

〈娘さんは前から勉強していた公認会計士の試験に合格したんだけど、たしかその直後、そう、大みそかの前日にヒトミさんは死んでしまったの。残された父と娘と、二人強く生きていくんだって誓ったみたいだけど、そのあと数年して、何かが原因で二人は喧嘩して、出ていっちゃったわよ、カエデちゃん〉

ヒトミというのは妻の、カエデというのは娘の名前らしい。深夜にもかかわらず、大家の女性は知っていることを何でもしゃべってくれた。僕は巡田が病院に運ばれて手術を受けていることを告げ、娘の連絡先を知らないかと訊ねたが、

〈さあー、ちょっとわからないわね。出ていったのは三年前。それ以来、全然何も聞かないもの〉

大家は申し訳なさそうに言った。

僕は電話を切り、病院の壁にもたれて天井を見上げた。

巡田は一人ぼっちだったのか。妻に先立たれ、娘に見放され、そんな彼が自分の死期を目の当たりにしたとき、何を考えたのか……

「ん？」

僕はひとつのことに思い当たった。

「いや、偶然か」

――偶然の一致でもやっぱり、数は面白いって思わせてくれるよね。

浜村渚が長谷川千夏に言った言葉。彼女のとろんとした二重まぶたの目が、僕を見つめている気がした。

僕はソファーから立ち上がり、病院の出入口を目指した。

√25　電卓が愛を語る話

立派な革張りの長椅子の前に、ヒスイ色のテーブルがある。僕は浜村渚と並んで座り、出された紅茶に手を付けずにじっとしていた。顔を上げれば、壁に『歴代校長』の顔写真がずらり。棚にはサファイヤのような石の置物がある。

「きんちょうしますよ」

隣で、浜村渚が言った。

ここは、千葉市立麻砂第二中学校の、校長室だ。来客があったときには応接室としても使われるというが、普段、生徒が入ってくることはない部屋である。

「そんなに硬くならないでも大丈夫じゃない？」

僕は笑うが、

「武藤さんはいいですよ。お客さんですから。でも私はただの生徒ですよ。ここに入って紅茶を出されたって先輩に知られたら、『生意気だ』って言われるかもしれませんよ」

左手で前髪をいじりながら口をとがらせるその姿は、普通の中二の女の子だった。

「失礼します」

かちゃりとドアを開けて入ってきたのは、先日も会った、二年B組の副担任、影山だった。

「すみません。写真クラブを新設する件で、生徒指導部ともめてしまい、遅くなりました」ドアを閉め、伏し目がちに僕と浜村渚の顔を見つめる。

「影山先生は、写真がお得意なんですね」

「ええ、昔ちょっと、やっていたものですから」

「大学生のとき、全国コンクールで最優秀賞を獲ったことがあるとか」

僕の言葉に、影山は少し怪訝《けげん》そうな顔をした。

「そうですが……どうして知っているんです？　生徒にも話したことがないのに」

「ちょっと調べさせてもらったんです」

言いながら僕は、カバンの中から取り出した何枚かの紙を、ヒスイ色のテーブルの上に並べる。イモ畑の一件から始まる、一連の「電卓見立て計算事件」の資料だった。

「イモ畑と同じく、電卓に見立てられる全国各地のスポットで、同じような事件が起きたんですよ」

「そうですか」

「大阪で、日向で、気仙沼で、そして川口で、打ち込まれていったこれらの数に、心当たりはありませんか？」

資料に目を向ける影山教諭。

『11.01』『4.08』『11.03』『12.30』『2.29』

「……ありません」

小さな声が嘘《うそ》を告げたのを、僕は知っていた。

「犯人はもう捕まっているんです」

「そうなんですか？」

「はい。昨晩、川口の〈デリシャスワールド〉で身柄を押さえましたが、吐血し、そのまま埼玉県内の病院へ。手術は成功して、今は安定していますが、もう長くはないようです。犯人の名前は、巡田三郎と言います」

すぅっ、と彼女が息を吸う音が聞こえた。僕は続ける。

「影山先生。あなたは今年の二月二十九日に結婚して影山楓という名前になりましたね。その前の名字は……巡田」

影山教諭は微動だにせず、テーブルの上の資料をじっと眺めている。

「三年前、あなたは三郎さんと喧嘩をし、家を出た。それ以来、連絡を取っていなかったが、三郎さんは人づてにあなたのことを聞いていた。公認会計士をやめ、教員免許を使って麻砂第二中学校の教師になったことも。天実新聞がイモ掘りの取材をするとき、三郎さんはあなたに会うために同行した。だがあなたは風邪をひいて休んでしまっていたのです」

その後、巡田楓は結婚して影山楓となった。なんとかお祝いを言いたい、一目会いたいと願った巡田だったがそれはかなわず、不治の病に侵されてしまった。

「迷惑はかけたくない。だが自分の気持ちは伝えたい。……考えた挙句三郎さんは、メッセージを贈ることにしたんです。会計士をやっていた過去があるあなたなら、きっと受け取ってくれるであろう、電卓のメッセージを」

僕は電卓と、もう一枚の資料を取り出して読み上げる。

「あなたの誕生日は二十七年前の十一月一日です。第一志望の大学に入学したのはその十九年後の花まつりの日、つまり四月八日です。在学中、あなたは『全国・文化の日写真コンクール』でグランプリを獲り、家族三人はとても喜びました。文化の日は、十一月三日」

僕は言いながら、電卓に数を入力していく。

「ところが、五年前の大みそかの前日、十二月三十日、あなたのお母さん巡田ひとみさんが亡くなります。あなたとお父さんは悲しみに暮れ、二人で強く生きていくことを誓った。この日もまた、紛れもなく巡田家にとって忘れられない日となった」

『11.01』『4.08』『11.03』『12.30』……巡田が電卓に打ち込み続けたこれらの数は、わが娘、巡田楓の人生の節目をあらわす日付だったのだ。

「三郎さんが単純に『＋』じゃなくて『M+』を使った理由もこれでわかりますね」浜

村渚が言った。

「きっと、自分と影山先生との日付を『思い出《メモリー》』の中に刻みたかったんです。それ自体が三郎さんにとって大事で、最終的な答えなんて何でもよかったんですね」

教え子の解説を受けてなお、影山教諭は黙ったままだ。

「昨晩、三郎さんが〈デリシャスワールド〉の電卓に打ち込んだ数は『2.29』です」

僕はさらにその数を電卓に打ち込んだ。

「あなたが結婚した日です。三郎さんからの祝福のメッセージだったんです。この奇妙な事件が、黒い三角定規の事件として世に報道されることを三郎さんは願っていた。でも残念ながら、テロとは関係ないとわかった以上、僕たちとしてはこれを報道するようマスコミに要請することはできません」

「よかったんです」浜村渚が言った。「こうやってちゃんと、カエデ先生にメッセージは届いたんですから」

「浜村さんの言うとおりです。……影山先生。お父さんは今、川口なのはな総合病院に入院しています。もともと病魔に蝕《むしば》まれている体に鞭打《むちう》って、全国を旅して回ったため、退院するのは難しいかもしれません。どうか、お父さんに会いにいってくれませんか」

影山教諭はしばらく黙っていたが、やがて顔を上げ、ふっ、と笑った。

「長年新聞社に勤めていたっていうのに、こんな小さな事件が報道されるわけがないと予想できなかったんですかね」

「影山先生……」

「今さらなんだっていうんですか。あの人は……母の命日すら仕事で忘れていたっていうのに」

影山教諭は額を押さえ、くっくっ、と泣いているのか笑っているのかわからない感情で肩を震わせる。

「母亡きあと、一緒に生きようなんて嘘だった。私一人で母を供養したんです。三年前、私はそれを詰《なじ》りました。父は『仕事が忙しい』の一点張りで。腹が立った私は家を出てそれっきりです。あの人に家族を思う気持ちがあったなんて思いません。私は信じません！」

そんな事情があったのか。

自分の死を目前とした巡田三郎が娘に謝り、結婚を祝いたいという気持ちに曇りはないはずだ。だが当の娘にかける言葉が見つからない……。

「私は信じますよ」

そのとき、ぽつりと小さな声が聞こえた。浜村渚が僕の目の前に左手を伸ばし、電卓を自分のほうに手繰り寄せる。

「先生のお父さんは『M+』に刻むのが目的で、答えなんてどうでもよかったんだ、ってさっきは言いましたけど」

電卓を影山教諭のほうに向け、液晶の『2.29』の左脇に人差し指を載せて差し出した。

「一応、答えを見てみてください。いったん『M+』でメモリーの和に取り込んでから、『MRC』を押すと、これまでのメモリーを含めた合計が出てくるんです」

液晶の一部を押さえたままの浜村渚を不思議そうに影山教諭は見つめたが、やがて手を伸ばし、言われたとおりに『M+』と『MRC』を押した。

『36.13』

浜村渚は人差し指を電卓から離し、影山教諭の顔を覗《のぞ》き込《こ》んで、こういった。

「サブロウ、ヒトミです」

影山教諭の顔色が変わった。

「娘の人生の節目の日付を全部足していったら、ご両親の名前が出てきました。きっと、仲のいい家族だったんだと思います」

「うっ……」

口元を押さえる影山教諭。

「こういう電卓のごろ合わせ計算、ただの偶然だから、数学的とは思いません。けど、偶然ってことは、誰かがわざとやったわけじゃないってことです。私には、電卓が巡田家の家族愛を語っているように見えるんですけど、先生は、どう思いますか」

涙ぐむ副担任の目には、浜村渚の姿が、普段クラスにはいない数学少女に見えているることだろう。数学少女とはけっして、電卓よりも速く正確に計算のできる少女のことではない。何よりも数学が好きで、数の羅列の中にさえ、愛を見つけられる女の子のことだ。

影山教諭はハンカチを取り出して涙をぬぐうと、僕のほうを向いた。

「武藤さん、病院の名前、もう一度教えてもらえますか」

「川口なのはな総合病院です」

「ありがとう……浜村さんも、本当に、ありがとう」

そして彼女は立ち上がり、校長室を出ていった。

Σ

ティーカップの中の紅茶は、まだぬくもりを持っていた。それを一口飲んだ後で、僕はもう一度、電卓の数を見る。

『36.13』

「僕も計算したんだけど、こんな語呂合わせになっていたなんて、気づかなかったよ」

すると浜村渚は僕の顔を見つめ、にっこり笑った。

「なりませんよ」

「えっ？」

「全部足しても、『36.13』にはなりません」

僕は慌てて電卓を手繰り寄せ、『AC』を押す。そして改めてすべてを足してみた。

『11.01＋4.08＋11.03＋12.30＋2.29＝40.71』

「本当だ。でもどうして？　浜村さん、何も数字のキー、いじってなかったよね？」

「武藤さんの前から持ってくるとき、こっそり一つだけ、押しちゃったんです」

ティーカップを置き、浜村渚はあるキーを指さした。『+/-』だ。

「サインチェンジキーっていって、プラスとマイナスを逆にしちゃうんです。つまり、最後に足したの、『-2.29』なんですよ」

僕は浜村渚が影山教諭に電卓を差し出したときに、液晶の一部に人差し指を載せていたことを思い出す。あれは『-2.29』の『-』を隠していたというのだ。

僕は『AC』を押す。そして、もう一度計算をしてみた。

『11.01＋4.08＋11.03＋12.30＋(-2.29)＝36.13』

……こんなからくりがあったのか。彼女はきっと頭の中だけでささっと暗算して、これが影山教諭を納得させる唯一の方法だとはじき出したに違いなかった。数学少女とはやはり、電卓よりも速くて正確な計算のできる女の子のこと……でも、と僕は考える。

たとえ、その計算を一瞬でできたとしても、答えが『36.13』になったのは……？

「偶然ですよ、偶然」

浜村渚はにっこり笑うと、僕の前から電卓を手繰り寄せ、ぱちぱちと楽しそうにキーを押しはじめた。

log10000.

『ナマギリにきいてみろ』

√1　バスまるごと

関東教育委員会連合は毎年、関東地方の私立高校の有志の教師を集め、研修バスツアーを行う。今年もその企画が行われ、関東各地から手を挙げた三十名の教師たちが東京に集まり、バスに乗り込んで出発した。

宿泊地は滋賀県の琵琶湖《びわこ》畔にあるホテルだったが、到着予定時刻を三時間すぎてもホテルにバスが現れなかった。バス会社は運転手の携帯にかけたがつながらず、三十人の教師はバスごと、行方不明になってしまった。

インターネット上のフリー動画サイト『ZetaTube』に犯行声明がアップされたのはその日の深夜十一時三十分のことだった。真っ白な背景に、黒い三角定規の重なったシンボルマークが映し出されると同時に、エキゾチックな弦楽器と笛の音楽が聞こえてくる。

――ラッラ、ラマラマ、ラッラ、ラマラマ

五秒後、ぱっと画面は変わった。

カラフルな屋台が両脇に立ち並び、派手な服に身を包んだ老若男女が行き交っている。市場のようだが、ごった返しているのは人だけではない。あひるにニワトリ、ロバや象もいて、その脇を土に汚れたオートバイがぶうんと通り過ぎていく。

なんとも雑多で、独特の大らかさを感じさせるこの風景。日本ではない。

すると画面の端から、あの男が現れた。

〈諸君、久しぶりだな。今回はインドから失礼する〉

インドの街角にまったく似つかわしくない白衣。薄くなった頭髪をぴったりとなでつけ、レンズの細長いサングラスをかけている。高木源一郎《たかぎげんいちろう》――ドクター・ピタゴラスだった。一度は死んだと思っていたのに、僕の前で劇的に復活してみせたのだった。

僕たち、「黒い三角定規《くろいさんかくじようぎ》・特別対策本部」は相変わらず彼の行方を追っているが、その足取りはまったくつかめない。

〈東名高速道路《とうめいこうそくどうろ》から忽然《こつぜん》と消えたバスは、我々の手中にある。これを見たまえ〉

ぱちんと指を鳴らすドクター・ピタゴラス。それを合図とするように、背後にいた象がぷわぉぉ～～んと吠《ほ》え、鼻からシャワーのように水を噴き出した。ドクター・

ピタゴラスの姿を覆うように水がかぶさり、そのまま白いスクリーンになる。

ぱっ、と映し出されたのは、どこかの深い山奥だった。

深い谷に渡された、さび付いたつり橋。全長四百メートルはあろうかというその橋のど真ん中に、何本かのワイヤーでバスが吊《つ》り下《さ》げられている。東名高速道路を走行中に消えたバスに間違いなかった。

ドローンで撮影しているのだろう。カメラはだんだんバスに近づいていく。やがて窓から中の様子が見えるようになる。行方不明となっていた教師たちはみな、眠るように座席に腰掛け、VRゴーグルを装着させられていた。

〈関東教育委員会連合は、我々の忠告を黙殺し、すばらしい数学教育を蔑《ないがし》ろにする教育方策を主張し続けてきた。こうなるのは彼らの宿命である〉

ドクター・ピタゴラスの音声が聞こえる。

〈彼らを解放したくば、即刻、我々の求める教育指導要領を認めよ。一週間以内に答えを出さなければ、彼らはバスの中で死ぬだろう〉

人質たちは、腕に点滴をつけられている。一応、栄養は与えられているようだけれど、それも一週間分ということだろう。

画面は再び、インドの街角になる。ドクター・ピタゴラスは不敵に笑っていた。

〈それにしてもよく眠っているな。きっと夢の中でインド数学の悠久な世界に浸っているのだろう。インド数学の夢を見ながら死ぬことができて、幸せというべきだ〉

ヴーンと機械音を立てて、ドクター・ピタゴラスの前に不思議な形の銀色の飛行物体が三台現れる。

〈力ずくでバスを救出しようなどという解答はエレガントではない。わが黒い三角定規のメカニック部門が開発した〝ヴィマーナΣ《シグマ》〟が必ずや阻止する〉

Σの形をしたその飛行物体は不規則な軌道でドクター・ピタゴラスの周囲を飛び回っている。

〈さあそろそろ、私の部下に指揮権を譲るとしよう。秀才ではなく、天才の彼女に――〉

ぱちん、と再び指を鳴らす。するとその体がぐにゃりと歪《ゆが》み、別の人間のフォルムに近づいていく。

さっきとまったく同じインドの街角。しかしそこにもうドクター・ピタゴラスの姿はなく、一人のインド人女性が立っていた。

赤と青と黄色とオレンジの光沢のある色鮮やかな服に身を包み、頭には黄金の幾何学模様をいくつも張り付けた髪飾りをかぶっている。前に見た「メビウスの輪」に似たネックレスを首にかけ、額には『ζ』という文字のような赤い印――。

〈私の名前は、ラマヌ・ジャスミン。黒い三角定規・インド数学担当大臣であります。もし私に挑戦したいというなら、いつでも受けて立ちましょう〉

こちらに手を伸ばし、挑発的なしぐさをすると、両手を頭上でパン、と叩《たた》いた。

背後の群衆が一斉に背筋を伸ばした。インド風の音楽が流れだす。

――ラッラ、ラマラマ、ラッラ、ラマラマ

怪しげな言葉を吐きながら、チョークを持った左手を頭上でぐるぐる回すラマヌ・ジャスミン。

――ラッラ、ラマラマ、ラッラ、ラマラマ

踊り始める群衆たち。ヤギもロバも象も人間のように二本足で立ち、ぱっぱぱっぱと四肢を器用に動かして踊る。ラマヌ・ジャスミンは腰を左右に動かしながら石板に何か文字を書いていく。するとその文字が自然と空中に浮きあがり、数式を作った。

『$1+2+3+4+\cdots\cdots=-1/12$』

〈自然数を足していく。なぜかマイナスに〉

――ラッラ、ラマラマ、ラッラ、ラマラマ

〈どうして、こんなことが起こるの？〉

——ラッラ、ラマラマ、ラッラ、ラマラマ
〈わからなかったら、ナマギリにきいてみなさい〉
謎の数式と謎の言葉を残して、長い犯行声明は終わった。

「これ、リアルな映像か？」

映像を見た瀬島直樹《せじまなおき》は僕の顔を見て疑問を呈した。

「そんなわけないでしょ。私は島でヤギを飼ってたことがあるからわかる。後ろ足だけで立つことはまああるかもしれないけど、あんなふうに器用には踊れないよ」

大山《おおやま》が笑った。

「それよりも、ドクター・ピタゴラスがぐにゃりぐにゃりと女の人に変わったよ。あれはコンピュータ処理された映像でしかありえない」

僕が言うと、「だよな」と瀬島も同意した。

「俺たちはやつがインドにいると思っていたけれど違うんじゃないか？　やつがいるのは、メタバース空間だ」

平たく言えばインターネットの中の仮想空間のことだ。世界中のあらゆるコンピュータサーバーとつながっていて、技術と悪意を持ち合わせた者なら、政府機関や銀行、大企業など、あらゆる重大なシステムに侵入することができる。

「えっ。ドクター・ピタゴラスはパソコンの中の人になっちゃったの？」

大山がよくわからないというように髪の毛をぐりぐりしている。

「もちろん、あいつの体が入ってしまったわけじゃない。だが、どこのシステムにも侵入する用意はあるという意思表示と見ることもできる」

瀬島が言うと、大山はだん、とテーブルをたたく。

「よくわかんないけど、私がとっつかまえてやるから、早く私をコンピュータの中に入れて」

……本当に、よくわかっていないようだった。

Σ

バスが吊り下げられている現場は、岐阜県警からの情報により明らかになった。岐阜県・土里《どり》犬谷《いぬだに》にある、バンジージャンプ施設だった。かつて日本最恐と名をはせたものの経営会社の倒産によりほったらかしになっているとのことだ。

「武藤《むとう》、大至急、現地に行ってくれ！」

竹内《たけうち》本部長が僕に命じた。ここのところ、「地方出張は武藤の役目」というよくない暗黙ルールが対策本部の中にできあがっている。僕は現地に飛んだ。

現場を望むことのできる離れた展望台に設置された岐阜県警の捜査本部で望遠鏡を覗《のぞ》くとバスはたしかに吊り下がっていた。しかし、真に恐ろしい光景はそれではなかった。

岐阜県警は偵察のためにドローンを一台飛ばした。もし可能ならヘリコプターを飛ばして人質を救出できないかという期待が込められていた。

ドローンがバスまであと三十メートルと近づいたときだった。ヴーンと深い谷底から音を立て、銀色の飛行物体が四つ浮上してきた。ドクター・ピタゴラスが犯行声明で見せた、〝ヴィマーナΣ〟だった。四台が一斉に警察のドローンに襲い掛かり、『Σ』の両端のとがった部分でアーム部分をがっしりとつかんだ。ぐいぐいと四方向に引っ張られ、警察のドローンは引きちぎられるように破壊され、谷底へ落ちていった。

「なんてことだ……」

僕の横でドローンを操作していた技術チームが愕然《がくぜん》としていた。ヴィマーナΣの群れはバスのほうへ飛んでいくと、バスを吊り下げているワイヤーの一本を簡単にしゅぱっと切って見せた。

「ああっ！」

身を乗り出す僕たちをあざ笑うように、ヴーンヴーンと飛び回ると、ヴィマーナΣたちは谷底深くへと戻っていった。

余計なことをするとバスを落としてやるぞというのか――結局僕はそれ以上何もできないまま、東京に戻った。

対策本部の部屋に入ると、大山が興奮して瀬島に何かを話していた。

「絶対、ここだって！」

「どうしたんだよ」

声をかけると、大山は振り向き、唾をまき散らしながら僕にいった。

「武藤。私、すごい情報をゲットしてきたんだよ。三十人の人質を乗せたバスが所属する〈折芝《おるしば》観光〉って、もともとは新橋《しんばし》駅の近くにオフィスを構えていた長距離バス専門の会社だったんだ。二年前、長距離バスの収益が見込めなくなって、埼玉県にオフィスを移して事業も観光バスに切り替えてる」

「うん。知ってるよ」

岐阜に行く前に僕も聞いた情報だった。

「問題は、撤退した新橋のビルのあとに入った会社だよ！」

「ん？」

「〈馬原《まはら》兄弟商会〉っていう、福神漬けの会社なんだって！　福神漬けといえばカレー、カレーといえばインド。ね、つながった！」

興奮するようなことだろうか。岐阜から帰った疲れが出て、僕は何も言わずどっかりとパイプいすに腰を下ろした。

「あー、その態度。武藤も信じてないんだね」

「当たり前だろ。武藤を疲れさすな」

犬でも追い払うように瀬島が手をしっしっと振る。

「じゃああたし一人で行ってくるもんね。これ、お守りに持っていこうっと」

大山は僕がこのあいだ大阪で買ってきた幸運の神様「ビリケンさん」の置物を勝手につかむと、

「ドクター・ピタゴラスを逮捕した手柄で特別昇進して、あんたたちの上司になっても知らないからね！」

獲物を見つけたチーターのような勢いで出ていった。

——その二十四時間後、大山は岐阜で、カレーの具になっていた。

√4 ラマヌジャン

「おはようございます」

新橋駅の改札口に現れた浜村渚《はまむらなぎさ》は、僕と瀬島直樹にぺこりと頭を下げた。

「あれ、なんだかいつもと感じが違うね」

「セチと一緒に、アウトレットに買いに行ったんです」

左手で前髪をいじりながら、浜村渚は恥ずかしそうに顔をうつむかせた。白を基調にした、胸にワンポイントの入っているブラウス。ゆったりとした黒いズボン。

「似合いませんか」

「いや、そんなことはないよ。少し大人っぽいね」

「ホントですか?」

ぱっと顔を上げる。

「いいんだよ、そんなことは!」

瀬島が目を吊り上げた。

「大山のやつが大変なことになってるの、聞いたんだろ？」

「あ、はい。聞きましたけど」

浜村渚は申し訳なさそうだった。

岐阜県警から「バスの横にグレービーボートがぶら下がっている」と連絡を受けたのは、大山が対策本部を出てから二十四時間後のことだった。送られてきた画像を見ると、観光バスの横に、銀色の揺りかごのようなものがぶら下がっているのが見えた。それは、オシャレなレストランでカレーを頼んだときに出てくる、ライスとは別にカレーを入れる持ち手付きの容器そのものだった（というか、この画像を見て僕はあれが「グレービーボート」という名前であることを知った）。

画像を拡大して、僕たちは仰天した。グレービーボートの中には、バスの中の人質と同じVRゴーグルを装着した成人女性が一人、横たわっていた。茶色のブランケットに赤ん坊のようにくるまってまるでカレーの具になってしまったようだ。髪型と輪郭、それに口から一筋垂れるよだれで、大山あずさであることは確実だった。

「今から、大山たちをあんな目に遭わせたらしきやつらのところに行くんだからな。油断するなよ！」

人差し指を浜村渚の鼻先に近づけるようにして、偉そうに言う瀬島。

「わかってますよ」

大の大人が女子中学生相手に何をやっているのかと、そばを通る新橋サラリーマンが訝《いぶか》しげな顔をしている。

目的の店までは徒歩で十分ほどだ。僕は歩きながら、ドクター・ピタゴラスとその部下の犯行声明動画を見たときから気になっていた質問を口にするときがきたと思った。

「浜村さん、犯行声明動画に出てきた、ラマヌ・ジャスミンっていうテロリスト、『数学者事典』で調べたら、ラマヌジャンっていうよく名前の似た数学者を見つけたんだ」

一八八七年生まれ、インドの数学者。ケンブリッジ大学で学ぶ。数々の独創的な定理を発見――固そうな髪の毛、気難しげなまなざし、大きな鼻と分厚い唇の肖像画の下には、こんな簡単なプロフィールが書いてあっただけだった。

今の今まで恥ずかしそうな顔をしていたのに、その名を聞くなり、浜村渚の顔はぱっと明るくなった。

「ラマヌジャンさんはすっごい人なんです。すっごい人の中でも、特にすっごーい人なんです」

スイッチが入った浜村渚をほほえましく思える反面、軽い違和感を覚えた。

「珍しいね、浜村さんが数学者をほめるときに『特に』なんて言葉を使うなんて」

浜村渚がいちばん尊敬する数学者はたしか、レオンハルト・オイラーというスイスの数学者だ。「オイラー先生」以外の数学者はすべて「○○さん」と呼ぶから、みんな等しく好きで尊敬しているのかと、僕は勝手に思っていた。

「だってだって、ラマヌジャンさんはなんて言ったって、天才ですもん」

浜村渚は両手をこぶしにして、

「私は数学が好きで、たくさんの数学者さんのお話を読みました。数学者と呼ばれる人の多くはとってもよく数学を勉強して、数の秩序を積み重ねて積み重ねて新しい世界を広げていきました。こういう人たちは『秀才』です。そういうすごさがあるんです」

「うん」

「ラマヌジャンさんはそうじゃありません」

そういうと浜村渚は立ち止まり、肩掛けカバンからさくらんぼノートを取り出して広げ、挟んであったシャーペンでさっささっさと何かを書きはじめる。

「ちょっとちょっと浜村さん、ここ、道の真ん中だよ」

通りがかる人が不審げな目を僕たちに向ける。瀬島は知らんぷりしてスタスタと先に行ってしまっている。

「見てくださいよ、武藤さん」

浜村渚はくるりとノートを反転させ、僕に数式を見せてきた。

『$\frac{1}{\pi} = \frac{2\sqrt{2}}{9801}\sum_{n=0}^{\infty}\frac{(4n)!(1103 + 26390n)}{(n!)^4 \cdot 396^{4n}}$』

何だこれ……今まで浜村渚に見せられた計算式の中でもっとも不可解だ。

「ラマヌジャンさんの円周率に関する等式です。多くの人が検証して、すっごい収束が早いことがわかってるんですけど、どうやってこんな数式を思いついたのか、誰も、全然わからないんです」

「わからない？」

「はい。たとえばオイラー先生の数式は、とってもキレイでステキなんですけど『どうやって思いついたか』ってのは、説明されたら私でもわかるんです。でも、ラマヌジャンさんの数式は、『どうやって思いついたか』、誰にも説明できないんです。でも、検証してみたらたしかに正しい。ここが数学の面白いところで、『正しさ』だけは明らかなんです」

まるで魔法の話を聞いているみたいだった。浜村渚の興奮は止まらない。

「ラマヌジャンさんは、私のこのさくらんぼノートよりも小さいサイズのノートを何冊か持っていて、こんな式を四千個以上書き残したんです。そのどれもが独創的で、どうやって発見したのか、ラマヌジャンさん以外は誰もわからなくって、実際、正しいのかどうか、ラマヌジャンさんが死んじゃったあとも何十年もかかって確かめられ続けたくらいです」

ぱたんと表紙を閉じると、浜村渚はさくらんぼノートを胸に抱きしめ、空を仰いではあーっとため息をつきながら目を閉じた。

「他の誰も発見できなかった数式を、一人で四千個も見つけちゃうなんて。後にも先にもこんな才能は現れないだろうと言われる、本当のスーパースターです。『天才』っていうのは、ラマヌジャンさんのためにある言葉ですよ」

とにかく数学者のことになると手放しでほめる浜村渚だけれど、こんなにほめちぎるのはやっぱり珍しかった。僕はデータベースで見たあのインド人の肖像写真を思い出す。もじゃもじゃした黒髪の下には、浜村渚や数学者ですら理解の及ばない、深遠な数学の世界が広がっていたというのか——しかし、僕の中にひとつ、疑問が浮かんだ。

「誰にも説明できない、って、浜村さん、言ったよね。ラマヌジャン本人は説明できるんでしょ？　自分で発見した数式なんだから」

するとと浜村渚はぱっとまた顔を輝かせた。

「それがまた、神秘的なんですよ。『どうやってこの式を発見したんだ？』って訊《き》かれると、ラマヌジャンさんはこう答えていたそうです。『夜、寝ていると、女神ナマギリが現れて、僕の口に手を入れて舌をぴーっと引っ張り出す。その上に、珍しい数式を書いていく。僕は目が覚めたあと、それをノートに書いていくんだ』って」

あまりに不可解な光景が、僕の頭の中に描かれた。

「それって……冗談かな？」

「大まじめです。ラマヌジャンさんはヒンドゥー教っていうインドの教えを熱心に信じていて、特に女神ナマギリに祈りを捧《ささ》げていました。ラマヌジャンさんの数学的才能が、ナマギリの夢っていう形で数式を生み出したっていうことだと思います」

そういうことか。……理解すると同時に、僕はまたひとつ、浜村渚に訊いてみたくなる。

「浜村さんも見たいと思う？　その女神の夢。今まで誰も見つけられなかった数式を教えてくれるんでしょ？」

浜村渚はぱちぱちと瞬きをしたあとで、舌をちょっと出して考えていたが、

「ヤですよ。怖いですもん」

そういって微笑《ほほえ》んだ。普通の女子中学生の笑顔だった。

そのとき、ブブーと後ろからクラクションを鳴らされた。緑色のワゴン車がすぐ背後まで迫っていた。ラマヌジャンのことを話し込むあまり、僕たちは道の真ん中で立ち止まっていたのだ。

目指す福神漬け屋は、わずか二十メートルほど先にあった。

Σ

「お前ら、何やってたんだよ」

福神漬け専門店〈馬原兄弟商会〉の店内に入ると、瀬島が僕たちを睨《にら》みつけた。

「ごめんごめん、大事な話をしてたんだ」

表から見ると何の変哲もない都心のビルだが、一階自動ドアを入ると古い木材の内装になっていて、まるで田舎のみやげ物屋に来たような感覚に陥った。店内は広くな

いが、壁の棚には福神漬けのビニールパックが並んでいるし、風呂桶《おけ》くらいある漬物樽《だる》が十個並んでいる。僕たちの他に、お客はいないようだった。

「いらっしゃいませ」

レジの向こうからにこやかに挨拶をしてくるのは、◯に『馬』と染め抜かれたデザインのエプロンを着た、三十歳くらいの女性だ。瀬島が近づいていき、警察手帳を開いてバッジを見せる。

「警視庁『黒い三角定規・特別対策本部』の瀬島です」

「黒い三角定規……といいますと、あの数学テロの」

「そうです。一昨日、この店にうちの捜査員が一人来ているはずなのですが」

「一昨日ですか？　私もシフトが入っていましたからここにいましたが、警察の方など誰もいらっしゃいませんでしたよ」

女性は首をかしげる。瀬島はレジカウンター越しに身を乗り出し、これまでの事件のあらましと、大山がこの店を疑った理由まで述べた。

「わかりません。福神漬けがインド数学に関係がありますでしょうか。そもそもうちは『カレーの添え物』という福神漬けのイメージを払拭《ふっしょく》することを目標に掲げていまして。たとえばこの商品はパンに挟んで食べる福神漬けなんです。いかがですか？」

レジの横のかごに積んであるビニールパックを瀬島に差し出してくる。

「失礼ですが、経営者の方はいらっしゃいますでしょうか」

お前じゃ話にならないという態度丸出しで、瀬島は言った。

「少々お待ちください」

女性はレジカウンターの背後の暖簾《のれん》をかき分けた。奥はすぐ上り階段になっているらしい。ほどなくして下りてくる足音が聞こえ、五十代半ばの男性が顔を出した。丸顔で目が離れていて、オオサンショウウオを思わせる顔立ちだ。

「私が店長の馬原ですが」

瀬島はさっきと同じことを告げるが、馬原の反応も女性店員と同じだった。

「うちが数学テロ？　とんでもないことですよ。うちが入る前、このビルの一階二階はたしかにバス会社だったと聞いているが、うちとは関係ありませんよ」

この店は空振りだ、と僕は感じていた。浜村渚はすっかり飽きてしまったようでふわあとあくびをしている。

「瀬島、帰ろうよ」

「二階を見せてもらってもよろしいですか？」

僕を無視し、瀬島は店長に迫る。

「どうぞ」

あきれ顔の店長を押しのけ、どたどたと瀬島は階段を上っていく。

「瀬島さん、行っちゃいました」

「自分が間違ってることを認めたくないんだよ」

僕と浜村渚が手持ち無沙汰にしていると、さっき店長を呼びにいった女性店員が下りてきた。瀬島が妙な捜査をしているので心配になったのかと思いきや、彼女は店長に言った。

「上に行ったついでに、ハラペーニョ福神漬けの在庫を確認しました。計算が合わない気がします。272個仕入れて、158個売れたはずなのですが」

「となると、274−160で、在庫は114個のはずだな」

あれ……？　何となく聞いていた僕は違和感を覚える。

「そうですよね。でも、113個しかないんです」

「数え間違いかもしれないだろ、もう一度確認してこい」

女性店員が上がっていくと同時に、くいっと僕の袖が引っ張られた。レジに背を向けて、浜村渚が僕の顔を見つめていた。何かに気づいたときの顔だった。

「武藤さん、このお店、やっぱり怪しいです」

「どうして？」

「インドの計算法です」

と、そのときだった。

――わあ、なんだ！　やめろっ、やめろ。ぎゃあああっ！

階上で瀬島の声が聞こえた。とっさにレジの店長の顔を見る。ニヤリと笑っていた。

「瀬島！」

店長を押しのけ、階段を上っていく。トコトコと、浜村渚もついてくる気配がした。

一階の大時代な内装とは打って変わって、二階はコンクリート打ちっぱなしだった。そこかしこに段ボールが積んであって、お世辞にも整理されているとはいえない。

「やめろ、カレーくせえ！　アルマーニだぞ……うう」

積まれた段ボール箱の奥から聞こえてくる瀬島の声はだんだん弱々しくなっていった。そちらに駆けていく。

そこには、ターバンを頭に載せた全身タイツ人間が二人いて、一人が瀬島を取り押さえていた。瀬島のスーツはカレーまみれ。もう一人は瀬島の頭にVRゴーグルを無理やり装着しているところだった。

「刑事さん」

すぐ後ろでさっきの女性店員の声がして振り返り――、

「うわっ！」

視界が茶色くなった。粘性のあるものを顔にかけられたようだ。熱くはない。むしろねばねばと、強烈なカレーの臭いのほうが気になる。

「きゃっ！」

浜村渚の悲鳴が聞こえる。助けないと……という思考とは裏腹に、僕はがくりと膝をついた。全身がしびれる。まるで何かの麻酔をかけられたようだった。

ぶろろろと、全開の窓の外からエンジン音が聞こえた気がした。トラックだろうか、それとも、バス……？

「お前、足もて」「ほい」

全身タイツの二人が話している。きっと瀬島を運んでいくのだろう。

脳裏に、岐阜のつり橋でグレービーボートに横たえられている大山あずさの姿が浮かんだ。瀬島はあの隣に吊り下げられてしまうのだろうか。

そして、僕と、浜村渚も……。

意識が遠くなっていく。

√9　ガンジスに流されて

ドゥクドゥク、ドゥクドゥク……規則正しい振動で僕は目が覚めた。

まず視界に入ってきたのは、よく晴れた青空だった。日本の空ではないと直感した。雲も太陽も僕のよく知っているものと一緒だけれど、全体が黄色っぽい。それが、今いる道のせいだと気づくのにそんなに時間はかからなかった。

僕は馬二頭が引く荷車の荷台に敷かれた藁《わら》の上に一人、寝かされていた。道は土のまま舗装されておらず、塵埃《じんあい》が立ち上っているのだった。

「なんだ、この格好」

自分の格好を見る。上下スーツだったはずが、ずいぶんと身軽だ。白い布を体に巻いただけで……いや、そもそも体が変だった。小さいし毛むくじゃらだ。両手を顔にぺたりと当てる。自分の知っている顔ではなかった。

「えっ。この手触り」

混乱した。僕は、サルになっている。

荷台の前に座って馬の手綱を握っているターバン男が振り返って、口を開いた。

【おや、目が覚めたのかい】

言語そのものはわからないのに、男の目の前の空間に、黒い日本語の文字が浮き上がる。

【もう少しで目的の、ガンジス川に着くよ】

まるで映画の字幕のようだ。……たぶん、本当に字幕なのだろう。サイバー空間だかメタバースだか、とにかくそういう世界なのだ。何時間前なのか、もうその感覚は失われてしまっているけれど、新橋の福神漬け屋の二階倉庫であったことははっきり思い出せる。僕はきっと今、バスの中の人質や大山と同じくＶＲゴーグルを装着させられている。

きっと瀬島や浜村渚も……。

「武藤さんですよね」

そのとき、浜村渚の声がしたので僕は飛び上がらんばかりに驚いた。きょろきょろと周りを見回すが、荷台の上には僕しかいない。

いや、藁の陰がもぞもぞしているかと思ったら、メスのニワトリが一羽《わ》いて、こちらを見ていた。

「私ですけど」

そのニワトリの口から、浜村渚の声が聞こえるのだった。

「浜村さん、ニワトリになっちゃったの？」

「えっとー、よくわかんないんですけど、そうみたいです。武藤さんはおサルです」

ばさばさと羽を動かし、藁の上に飛び乗った。そのとろんとした目が、たしかに浜村渚の目に見えた。

「ノートとシャーペン、なくなっちゃいましたよ。どっちにしろ、使えませんけど、ニワトリじゃ」

サルとニワトリ。なんだか悪い夢を見ているようだった。

「浜村さん」

僕は夢でないことを確かめるべく、ひとつの質問を口にする。

「272個仕入れて158個売れたなら、272－158だと思うけど」

するとニワトリ渚はぱちっと瞬きを一回して、

「それだと繰り下がりの計算になっちゃって、暗算が大変です」

と答えた。頭の中で筆算の式を立てる。たしかに、一の位の計算は「2－8」なので、十の位から1借りてきて、借りてきたぶん、十の位を7から6にして……と、面倒なことがたくさんある。

「インドの人たちはそういうとき、『引く数』の一の位を、無理やり『0』にしちゃうんですよ。158に2を足せば、160になって計算が簡単です」

「ちょっと待ってよ」僕は言った。「そんな勝手なことをしたらそもそもの計算がめちゃくちゃになっちゃうよ。引く数は本当は『158』なんだからさ」

「『引かれる数』にも2を足せば問題はありません」

「ん？」

少し考えたらわかった。『引かれる数』と『引く数』、同じ数を足して計算すれば、あとから足した分はどうせ引かれて0になってしまうので、答えは一緒なのだ。

『272−158』→『274−160』

これなら答えを変えることなく、暗算を楽にできる！

「インドの人たちは子どものころから、数と遊ぶようにして、こういう楽な計算方法を自然と身に着けてるんですね」

インドという未知の文化の計算力の高さに感服するとともに、こんなわずかなヒントからあの福神漬け屋の店主がインド数学に通じていることを見破った浜村渚の洞察力にも感激していた。

「きっと、ラマヌジャンさんもそうだったんですよ。あんまり裕福なおうちじゃなかったみたいですけど、数と遊ぶにはお金がかからないし、玩具《おもちゃ》よりずっと楽しいです」

そうか。こういう基礎的な訓練があったからこそ、ラマヌジャンはケンブリッジ大学という有名な大学で――あれ？

「浜村さん。ケンブリッジ大学ってイギリスの大学じゃなかったっけ？　ラマヌジャンはインドからイギリスに留学したんだよね。あんまり裕福な家庭じゃないっていったけど」

「そうなんです。お金がないんで自力じゃ行けなかったんです。でもどうしても数学を勉強したかったラマヌジャンさんは、ケンブリッジ大学のゴドフリー・ハーディーさんっていう数学者の人に、自分の発見したいくつかの式を手紙に書いて、『留学したいんですけど』って送ったんです」

「いきなりインドから手紙が来てびっくりしただろうね」

「はい。ハーディーさんは子どものころから進んだ教育を受けて、テストでもずーっと点数がよくって、ケンブリッジ大学でも一番だった、秀才です。そんな自分が知らない、考えたこともない数式がいっぱい書いてあって、初めはデタラメだと思ったそうなんです」

「デタラメ？」

「はい。でもデタラメにしても数学的なセンスがなければ書けないデタラメだって思って、お世話する覚悟を決めてイギリスに呼んだんです」

それはそれですごい勇気だと僕は思った。

「会ってすぐ、ラマヌジャンさんが本物の天才だってことをハーディーさんは見抜きました」

「嬉《うれ》しかっただろうね」

「いやー、初めはイライラしたんじゃないですか。だって、証明もしないで魔法みたいにぽんぽん、正しいっぽい数式をいっぱい教えてくるんですもん。どうやって見つけたんだって訊いたら、『夢の中でナマギリが舌に書いていく』って言いだすし」

ニワトリ渚につられ、僕も笑う。テストの点数で数学の才能を磨き続けてきた秀才には考えられないことだっただろう。

「でもハーディーさんは根気よくラマヌジャンさんのことを理解して、数式を証明していきました。天才が『正しいっぽい』ことを言って、秀才が『正しい』ことを確かめる。ケンブリッジ大学の歴史の中で、きっと最強のコンビです」

「楽しかっただろうね」

「はい。そう思います」

ニワトリ渚が言ったとき、ターバン男が話しかけてきた。

【ほら、着いたよ。降りな】

いつの間にか荷車は、大きな川のほとりに着いていた。ゆったりと流れる川に、老若男女が衣服のまま入っては、手を合わせたり、水を頭からかぶったりしている。沐《もく》浴《よく》というやつだ。人間だけでなく、牛や馬、ヤギなんかも入っている。男は荷車を降り、川に入っていく。

「よくわからないけど、僕たちも行こうか」

「はい」

ニワトリ渚と連れ立って荷車を降りる。裸足《はだし》の足の裏に感じる草の感触がリアルだった。

川に足をつける。水の冷たさも濡《ぬ》れた感触もしっかり再現されている。沐浴している人たちはみな、気持ちよさそうだ。僕は思い切って飛び込んだ。

サルの体だからだろうか、体がずいぶん軽い感じがする。ばしゃばしゃと、僕の側でニワトリ渚も水浴びを始める。そのしぶきの中に妙なものが見えた。

「3」「9」「∞」「p(x)」「Π」……

数字や数学記号がぱらぱらと。よく見れば、水の中にもこの類の文字がたくさん浮いている。これは……数学の川？

ざばあ、と突然すぐ近くで水柱が上がった。潜っていた女性が水面に上半身を出したのだった。

「『恒河沙《ごうがしゃ》』っていう単位が、ガンジス川の砂の数のことだって、もちろん知ってるよね」

失礼、と言おうとして僕はどきりとした。

「やあ、おサルさんにニワトリちゃん。気持ちよさそうだね」

右肩にだけかけた白い布。額《ぬか》には「e」という赤い印をつけ、頭から上半身まで、数字や数学記号ですべてずぶ濡れになっている。

「キューティー・オイラー……」

「なかなか面白い姿になったじゃん。ゲストはそうやって、ログインしたとたん動物とか虫とかになっちゃうんだよ。ただ、たまにバグがあってさ、石とか木とかしゃべれない物体の姿になっちゃうこともあるらしいよ。そうなっちゃったらシステム部も修正できないんだって」

ずいぶんと危険なことを、クレープの焼き方のように明るく説明している。

「私たちみたいにＩＤ登録していれば、もともとの姿に似た姿でいられるんだよ。どう？　仲間にならない？」

「そんなことより、僕たちはどこにいる？」

「はは。『僕たちはどこにいる？』だって。定義の曖昧な質問だね。ハミルトン空間で答えればいいのか、もっと高次元の答えを期待しているのか、あるいは単なるアフィン幾何学でいいのか……。一つだけ確実に言えるのは、私たちは生まれたときから数の大河の中にいるということだよ。この川は私たちの汚れをすべて数で洗い流してくれる」

彼女は右手をざぶんと水の中に入れると、ずるずると数式を一つ引き出し、ぱっ、と宙に放った。


『$1+9\left(\frac{1}{4}\right)^4+17\left(\frac{1\cdot 5}{4\cdot 8}\right)^4+25\left(\frac{1\cdot 5\cdot 9}{4\cdot 8\cdot 12}\right)^4+\cdots\cdots=\frac{2^{\frac{3}{2}}}{\pi^{\frac{1}{2}}\left\{\Gamma\left(\frac{3}{4}\right)\right\}^2}$』

見ているだけで頭が痛くなるような数式だが、

「ラマヌジャンさんがハーディーさんに送った式です!」

バシャバシャと羽を動かし、ニワトリ渚が興奮する。

「そう。目の前にたくさんあるありふれている数の中から、こんなに尊い数式を作り上げてしまう。ラマヌジャンみたいな魔法使いを生んでしまうんだから、美しくも恐ろしい土地だよ、インドって」

「キューティー・オイラー。現実の僕たちは今、どこにいるんだ」

僕のほうをちらりと見ると、彼女はまたははっ、と笑った。

「今、見えているもの、感じているものを現実だと思えばいいじゃん。サルだって、ニワトリだって、数さえ数えられて、しっかりと考えることができれば数学はできるんだ。だけど、考えることを忘れてしまったらダメだね。そんな人間はサルにもニワトリにも劣る」

数学教育を蔑ろにした政府に対する痛烈な皮肉だった。そして、この世界に僕たちが人間以外の姿で生まれ変わらされた理由が、なんとなくわかったような気もした。

「試しているのか。人質が人間として生きる価値があるかどうか」

「そんなたいそうなことは考えないよ」

キューティー・オイラーは妖しく微笑みながら肩をすくめた。

「ただ、数の大河に漂って、数とともに生きる気持ちを味わってほしいんだ。ラマヌジャンのようにね」

「早く解放しないと、バスの中の人たちは栄養が足りなくなって死んでしまう」

「まだ言うんだね。こんなユートピアがあるのに、数学のことを考えない世界に戻ってどうするの？」

「そういうことを言っているんじゃなくて……！」

怒りに興奮する僕に向かい、キューティー・オイラーは「しーっ」とたしなめた。

「お目当ての登場だよ」

——ラッラ、ラマラマ、ラッラ、ラマラマ
ポップな音楽と歌声が聞こえてきた。川上のほうから、大きな筏《いかだ》が流れてくる。その上できらびやかな衣装を着た女性たちが踊っていた。音楽に合わせて体を揺らせているといった感じだ。

——ラッラ、ラマラマ、ラッラ、ラマラマ
筏が近づいてくるにつれ、一人だけ衣装が違うことに気づいた。光沢があるカラフルな衣装を身にまとい、シースルーの白い布を肩にかけて踊っている。その顔を見て思わず叫びそうになる。

ZetaTubeで見た、ラマヌ・ジャスミンだった。

「彼女は、誰なんだ?」

「動画で見たでしょ? ラマヌ・ジャスミンだよ」

「それはわかってるんだけど、正体がわからない」

するとキューティー・オイラーは、ふふ、ふふふふ、とあまり見ない笑い方をした。

「追いかけたほうがいいんじゃない、サルさんにニワトリさん。この世界の謎を解く鍵は、あの筏にあるよ」

たしかにそうだ。音楽を流しながら、筏は僕たちの目の前二十メートルくらいのところを流れていく。ラマヌ・ジャスミンと目があった気がした。筏になんとかしがみつこうと泳ぎ始めるものの、サルの姿ではうまくいかない。ニワトリの浜村渚のほうはもっと苦労しているようだった。

「そんなんじゃダメでしょ。これ、貸してあげるよ」

キューティー・オイラーはさっき空中に浮かべた式の中から『Γ《ガンマ》』の文字を取り出していた。いつのまにか、曲がっているところにロープが結びつけてある。

「ルジャンドルもさ、こんなことに使われるとは思ってなかったよね、きっと」

反動をつけて、文字を飛ばすキューティー・オイラー。『Γ』は筏のへりにガシッと食い込んだ。

「ステキなQEDが待っていることを祈るよ」

キューティー・オイラーは僕の手にロープを握らせると、ざぶんとガンジスの無数の数の中に潜っていった。まるで僕たちを手助けするような行為。罠《わな》だろうか？　戸惑っている僕の背中に、ばさばさっとニワトリ渚が乗った。

とにかく止まっていてもしょうがない。僕は体を数の中に漂わせ、ロープをゆっくりゆっくりたどっていく。

筏が迫ってきた。へりに手をかけようとしたところで、がぶりと僕の手が噛《か》みつかれた。

「えっ？」

灰色の毛におおわれた顔にピンクの鼻。針金のような六本のひげ……ネズミだ！

「わわっ！」

僕は思わず手をぶんぶんと振る。口に水と数が入り込んでくる。もう少しで左手をロープから離すところだった。

「武藤さん、大丈夫ですか！」

ニワトリ渚もバランスを崩して落水しそうになったらしい。

「噛まれた。ネズミに、噛まれたよ」

「ネズミって、変な病気を持ってるって言いますけど」

「そうだね。しつこいなこのネズミ。いつまで噛みついて……あっぷあっぷ」

するとネズミは口を離し、ちょこちょこっと僕の背中に上ってきた。

「誰が変な病気持ちだ！」

ネズミの口から放たれたその声に、僕たちは聞き覚えがあった。

「瀬島か？」

「当たり前だろ！」

なぜか怒っていた。

「お前らがキューティー・オイラーのやつとしゃべってるときから声をかけてただろうが」

「全然聞こえなかったよ、ねえ」

「はい」

「とにかく武藤、お前、上がれ」

ネズミになっても偉そうな口調は変わらなかった。僕は手を伸ばし、筏のへりをつかむ。その腕を伝ってちょこちょこっとネズミ瀬島が筏に乗り、ニワトリ渚が続く。

やっとの思いで、僕も筏の上に乗り上げた。

――ラッラ、ラマラマ、ラッラ、ラマラマ
踊っていた黄色い衣装の女性たちがこちらを怪訝《けげん》そうに見る。ラマヌ・ジャスミンだけが相変わらず微笑みながら、両手を頭上に伸ばし、腰をくいっくいっと左右に動かすダンスをしている。

「ラマヌ・ジャスミンですね」

声をかけると、彼女はこちらをちらりと見た。

「『黒い三角定規・特別対策本部』の武藤です。人質を解放してください」

サルの格好で何を言っているのか、とバカにされるような気もしたけれど、ラマヌ・ジャスミンは知らない顔で、腰をくねくね動かしながら一回転する。黄色い女性たちもそれに合わせて踊り始めた。

「あなた方のやっていることは人を傷つけることばかりだ。数学が美しいというのなら、もっとそれを納得できるように世の中に知らしめるべきです」

それでも僕は彼女に訴え続けた。

「ラッラ、ラマラマ、もうすぐガンジスは二手に分かれる」

ラマヌ・ジャスミンは口を開いた。

「ラッラ、ラマラマ、左手は悠久へ。ラッラ、ラマラマ、右手はナマギリの神殿へ」

「なんだって？」

「ラッラ、ラマラマ、ナマギリは憤怒《ふんぬ》を抱いている。ラッラ、ラマラマ、三十一と一つの命をどうするか。ナマギリの御心《みこころ》ひとつで変わるでしょう」

ばき、ばきばき、と突然、筏に亀裂が入りはじめた。あれよあれよという間に、筏は真っ二つになる。ラマヌ・ジャスミンたちと僕たちとは別々になってしまった。

「ナマギリの神殿に入るには四つの数字が必要。それがわからなければ、あなた方はもうおしまいでしょう」

「おしまいって、おい！」

「ラッラ、ラマラマ、はなむけの踊りを見せましょう」

四人の黄色い女性たちが前に出てきて、ラマヌ・ジャスミンの姿は見えなくなる。

「くそっ、なんで踊りなんて見なきゃいけないんだ」

「四つの数字……四ケタの数ってことですか」

ネズミ瀬島はわめき、ニワトリ渚は考え込む。ラマヌ・ジャスミンの言ったとおり、遠ざかっていく向こうの筏の女性たちの踊りを見ているのは、僕だけだ。

――ラッラ、ラマラマ、ラッラ、ラマラマ

黄色い女性たちの身長はまちまちで、もっとも高い人が175cmくらい、低い人は150cmくらいだった。その四人が、左から身長の高い順に並んでくねくね、続いて場所を入れ替え、左から身長の低い順になってくねくねした。

――ラッラ、ラマラマ、ラッラ、ラマラマ

そして最後にまた位置を入れ替え、左から、「二番目に背の高い女性」「いちばん背の低い女性」「いちばん背の高い女性」「三番目に背の高い女性」の順になり、くねくねした。

「あああー、流れが速くなっていく……」

ネズミ瀬島が前方を見上げて嘆きの声をあげる。ラマヌ・ジャスミンの乗った筏がゆっくり流れていくのに対して、僕たちの向かう支流は流れが急になっていて、ごつごつした岩も見えてきた。

「ラッラ、ラマラマ、ナマギリのもとへ。ラッラ、ラマラマ、ラマヌジャーン！」

歌声は遠くなっていき、僕たちの小さな筏はその急流に入っていった。

数の急流は僕たちを右へ左へと翻弄した。ごつごつした岩に衝突してしまったらひとたまりもない。オールもない状況ではなすすべがなく、僕とネズミ瀬島は岩が迫ってくるたびにひやひやしている。

√16 恐ろしきナマギリ

だけど、ニワトリ渚はそうではなかった。

「早くナマギリさんの神殿に到着しないですかね？」

天才ラマヌジャンの夢の中に現れ、舌に数式を書いていったという女神——新橋では怖いと言っていたそのナマギリの神殿にたどり着くのが楽しみだというのだ。

「お前な、ラマヌ・ジャスミンの話、聞いてなかったのか。ナマギリの神殿に入るには四つの数字が必要なんだ。それができなきゃ命はないんだぞ。何のヒントもなしに四つの数字なんかわかるか」

「わかる、と思います」

いつになく自信満々にニワトリ渚が言ったそのとき、流れはいよいよ速くなった。それればかりか、川の先が見えない。ごごごごと、ブルドーザー十台が喧嘩《けんか》しているようなものすごい水音が聞こえる。

「滝だ！」

叫んだときにはもう遅かった。僕たちを乗せた筏は大量の水と数と一緒に落下していく。

「うわああ！」

じゃぶん、と落ちた。だが次の瞬間、痛くもかゆくもないことに気づく。筏もまるで壊れていないし、体はもとよりびしょ濡《ぬ》れだ。前方を見ればさっきまでとはうって変わって、流れは緩やかだ。それでも、怖かったねと言おうとしてニワトリ渚のほうを見ると、

「ラマヌジャンさんに関わる、とっても印象的な四ケタの数があるんです」

彼女はちょこちょこと揺れる筏の上を歩きはじめた。今の落下をなんとも思っていなかったのか。……きっと数学の話を目の前に、緊急事態などどうでもよかったのだろう。こういう生き生きしているときの彼女の話には引き込まれてしまうのだ。たとえその見た目がニワトリでもそれは変わらなかった。僕とネズミ瀬島は顔を見合わせ、黙って彼女の話に耳を傾けることにする。

「ケンブリッジ大学で、秀才・ハーディーさんと天才・ラマヌジャンさんの最強コン

ビはいくつもの数学のテーマに挑戦し、いくつもの定理を発見したんです。だけど、イギリスの大都会の空気にどうしても慣れなかったラマヌジャンさんはだんだん体調を崩して、ついに入院してしまいました」

インドの雄大な自然の中で、天真爛漫《てんしんらんまん》に数と戯れて成長してきた数学者にとって、都会の空気が合わないことは僕にも想像できた。

「その病院に、ハーディーさんがお見舞いに行ったときの話です。ベッドに横になってげっそりしているラマヌジャンさんに、『早く元気になれよ』って言っても、ふさぎこんだような返事しかしてくれないんです。こういうとき、武藤さんならどうしますか？」

急に話を振ってくるので、いつも焦ってしまう。

入院中の元気のない友人をなんとか励ましたい。どうすれば……と、少し考えて、二人が数学が好きな人間なのだと思い当たった。もし浜村渚のお見舞いに行ったなら、僕がすることは一つだ。

「数学の話をしてみるとか」

「さすが武藤さん、当たりです」

ニワトリ渚はにこりと微笑んだ。

「ハーディーさんは言いました。『病院に来るまでに乗ったタクシーのナンバーが1729だった。なんの変哲もない、面白くない数に思えるな』……。そうしたら、それまでどんよりしていたラマヌジャンさんの目が、キラリと光ったんです」

「えっ」

「ラマヌジャンさんはむくりと身を起こしてハーディーさんに言いました。『1729はとっても面白い数ですよ』。そして、枕元の紙とペンをとって、さっささと数式を書いたんです」

まるで浜村渚のようだ。……今の彼女はニワトリなので、ノートにシャーペンを走らせることはできないのだけれど。

「『1729は、二通りの、二つの3乗数の和で表すことのできる、最小の数です』」

どういうことだろう？　と思っていたら、世にも不思議なことが起こった。周りの川の中からぷわあああと、いくつかの数字と『＝』が宙に浮かび上がってきて、ニワトリ渚の頭上の空間に式を作ったのだ。

『$1729=1^3+12^3=9^3+10^3$』

「二つの3乗数の和なんて、たくさんあるんじゃないのか？」

式を睨みつけ、ネズミ瀬島が言った。

「たとえば、9は『1^3+2^3』だろ？」

「はい。そうなんですけど、一つの数が、似たような二通りの足し算の式で表せるっていうのが珍しいんです」

つまり、1729は『1^3+12^3』であり、『9^3+10^3』でもあるということだった。

「こういう数はいくつもあるけど、そのうち1729は最も小さい数だってラマヌジャンさんは言うんです。例によってハーディーさんは考えたこともなかったテーマなのでびっくりしました。そしてしばらく考えたあと、『4乗でもこういう数はあるか？』って訊いたんです。ラマヌジャンさんは、『大きすぎて今すぐには言えないけど、あるはずです』って。……今では、それもあることがわかってます。さすが、整数ひとつひとつと個人的にお友だちだったって言われるラマヌジャンさんですよ」

ばばっ、と両翼を広げるニワトリ渚。

「今では1729は『タクシー数』って呼ばれています。ラマヌジャンさんとハーディーさんの友情を表す話として、そして、インドと数の神秘的なつながりを示す話として、数学好きのあいだでは、特別な数なんです」

「それが、ナマギリ神の宮殿の扉を開く四ケタの数だっていうんだね？」

「そう思います」

浜村渚は両翼を下ろす。空中の数式は再びばらばらの数になり、川の中に戻っていった。

「おい、見えてきたぞ」

瀬島が前方を指さす。ゆっくりとした流れの向こうに、巨大な青い顔の建物が現れた。女神らしき顔だが、黄色い髪には黄金の髪飾りが光り、真っ赤な瞳孔で僕たちを見つめている。

「なんか、怖いんです」

ニワトリ渚が震え上がる。筏は導かれるようにその顔型の神殿の前に流れ、ぴたりと接岸した。誘われるように岸に上がる。

ジュバジュバジュバッと背後で水音がした。振り返ると、川の中から無数の杭《くい》が飛び出してきて檻《おり》のようになっている。今まで乗ってきた筏は杭の先端でばらばらに壊れていた。

「もう後戻りはできないってことか」

ネズミ瀬島が言った。僕は戦慄を覚えながら神殿の入口を見る。まるで地面から巨大な青い顔が生えているみたいだった。

「どこに扉があるっていうんだよ」

ネズミ瀬島がきょろきょろする。女神の首には黄金やエメラルドの首輪が嵌《は》められているけれど、出入口のようなものは見当たらない。

どこからともなくゴゴという音が響いてきたかと思うと、女神の口が開いた。真っ白い歯が並んでいて、奥にぬらりとした緑色の巨大な舌があった。

口の奥から白いものがぴゅっと飛んできた。右手でキャッチすると、十センチくらいの白墨だった。

「あそこに四ケタの数を書けということじゃないでしょうか？」

ニワトリ渚がくちばしで示したのは、女神の下の前歯だった。中央の四枚の表面が黒板になっている。

「なるほど。えっと、１７２９だっけ？」

「はい」

巨大な歯に数字を書くなんて初めての経験だ。僕は恐る恐る近づいていき、黒板一枚一枚に『１』『７』『２』『９』と書いた。

しばらくしーんとした後で、ぐわあああらあん！　とゾウの大群のような音が響いた。台地が揺れ、僕は尻もちをつく。

「おい、武藤！　避《よ》けろ！」

ネズミ瀬島の声に我に返ると、頭上から大きな緑色の物が降りかかってくるところだった。女神の舌だ！

　ごろりと体を横に転がす。どたん、と舌が地べたに叩きつけられる。

「どういうことだよ、浜村！」

「あれ、違うってことですかね」

「ですかね、じゃねえんだよ！」

　びゅんと、今度は舌が横に飛んできた。

「伏せて！」

　そろって地べたに体を伏せると、唾液を散らしながら舌は頭上を通り過ぎていった。

　――ラッラ、ラマラマ、ラッラ、ラマラマ
　あの音楽が聞こえてきた。黄金の杭の並ぶ向こう、花畑のような筏が浮いていて、ラマヌ・ジャスミンとダンサーたちが踊っている。神出鬼没だなと思いつつ、僕はニワトリ渚に訊《たず》ねる。

「浜村さん。ラマヌ・ジャスミンは『はなむけの踊りを見せましょう』って言ってたよ。あのダンスが何か関係あるんじゃないのかな」

「はなむけ、ってなんですか？」

びゅうんとまた戻ってきた緑色の舌を警戒しながら、ニワトリ渚は言った。

「『右向け、右』みたいなことですか？　でも『はなむけ、はな』って言われても、誰の鼻を向いたらいいかわかんないですよ」

国語の苦手な浜村渚に「はなむけ」の意味を説明している暇はない。僕はダンサーたちの不可解な位置の変化について早口で話した。左から背の高い順に並んでくねくね、左から背の低い順に位置を変えてくねくね、そして……。

「あっ！」

ニワトリ渚が何かに気づいたそのとき、また頭上から舌が迫ってきた。僕とニワトリ渚は違うほうに飛びのき、びたんと地面に舌が落ちる。ぐちゃっと唾液が僕の顔に飛んだ。

「ラマヌジャンさんの数学じゃなかったです。インド数学が生んだ、もう一つの神秘的な数……」

「能書きはいいんだよ！」ネズミ瀬島が叫ぶ。「答えを言え、浜村！」

「『６１７４』です。武藤さん！」

ぐぐと持ち上がる舌と地面の間をさっとすり抜けると、歯の黒板はもう何も書いていない状態に戻っていた。僕は言われたとおりに数を書いていく。

『6』『1』『7』『4』

この四ケタの数がいったい何なのか――そう思う間もなく、ゾウのような雄たけびも、ダンス音楽もやんだ。緑色の舌はぴたりと止まっている。

一瞬のち、四枚の黒板の歯はばたんばたんと建物内部に向かって倒れた。奥には、洞窟のような廊下が待ち受けていた。

$\sqrt{25}$　神殿にて

僕たちが一歩足を踏み入れるなり、ぼっ、ぼっ、ぼっと音がして廊下が明るくなった。廊下の壁に等間隔に設置された松明《たいまつ》にひとりでに炎が灯《とも》ったのだった。何も書かれていないと思っていた壁には空白などないくらいにびっしりと数式が書かれている。

『$\phi(x)+\phi(-x)=\frac{1}{2}\phi(-x^2)$』

『$1, \frac{1}{2}, \frac{2}{1}, \frac{1}{3}, \frac{3}{1}, \frac{2}{3}, \frac{3}{2}, \frac{1}{4}, \frac{4}{1}, \frac{2}{4}, \frac{4}{2}, \frac{3}{4}, \frac{4}{3}, \cdots\cdots$』

『$1+\frac{q}{(1-q)}+\frac{q^4}{(1-q)(1-q^2)}+\frac{q^9}{(1-q)(1-q^2)(1-q^3)}+\cdots\cdots$

$=\frac{1}{(1-q)(1-q^4)(1-q^6)(1-q^9)(1-q^{11})(1-q^{14})(1-q^{16})(1-q^{19})}\cdots\cdots$』

「まるでラマヌジャンさんの頭の中みたいですよ」

さっきまでナマギリの舌に潰されそうになっていたのを忘れたように、ニワトリ渚は自分を取り囲む数式をうっとりした顔で眺めまわしている。

「早く行くぞ」

ネズミ瀬島に促されて僕たちは歩きはじめる。僕たちが進むにつれ、ぼっ、ぼっと松明の明かりがついていく。

廊下は長かった。そしてどれだけ進んでも、壁には新しい数式が現れた。何もしゃべっていないのも息が詰まる気がしたので、僕は気になっていたことを訊くことにした。

「浜村さん。『６１７４』っていう数、どうしてわかったの？」

「あれは、カプレカー定数です」

「ん？」

「ラマヌジャンさんよりちょっと後にインドに生まれた、カプレカーさんが見つけた数なんです。武藤さん、なんでもいいので、四ケタの数を頭に思い浮かべてください」

——このあと、ニワトリ渚が解説してくれた『６１７４』という数の秘密に、僕は驚いた（巻末おまけ『カプレカー定数』参照）。本当にインドの数学は、僕がはるか昔に学校で習っていた数学とはまったく違う、数の神秘を見せつけてくる。そして、こんな神秘の世界の中を説明してくれる浜村渚の、何と魅力的なことか。

「おい、見ろよ」

ネズミ瀬島が言った。僕たちの前に現れたのは、大きな鼻と厚い唇を持ち、眉毛と目の幅の狭い男——ラマヌジャンの肖像の描かれた引き戸だった。これだけの数学を一人で生み出した彼の眼光の印象は、初めて『数学者事典』で写真を見たときとはだいぶ違っていた。

「開けるよ？」

僕は取っ手に手をかけ、一気に引き開ける。

太陽のような光が、僕たちを包み込んだ。エキゾチックな管楽器の調べと、人々のざわめきが聞こえる。

コンサートホールのように広い空間だった。天井はビル五階分くらいの高さはあるだろうか。壁に等間隔に並んだ円柱、そのあいだに黄金や宝石で装飾された女性の神像が建てられている。すべて、女神ナマギリのようだが、壁から倒れるのを防ぐように、円柱のあいだにロープが三本渡されていた。

僕たちから見ていちばん奥に、アメジスト色の広い上り階段があり、吹き抜け二階の出入口には虹色に光を反射するシルクのカーテンが引かれている。

ホールにはところどころに長テーブルがあった。黒檀《こくたん》でできた象の彫刻の鼻の上に銀のボウルがあり、その中に、スイカ、パイナップル、桃、バナナ、マンゴーと、果物が載っていた。象の足元にはこれまた豪華な銀食器がならび、チキンや羊の丸焼き、サフランライスやカレーの類が食欲をそそる香りを漂わせている。男はクルタ、女はサリー。色とりどりの民族衣装に身を包み、盃《さかずき》を片手に談笑している。

「なんだよこりゃ、王侯貴族のパーティーかよ」

呆《あき》れるネズミ瀬島の声も、音楽にかき消されそうだった。

何をしていいのかわからず立ち尽くすこと二分。音楽ががらりと変わった。

「おお、マハラジャだ」「マハラジャのお出ましよ」

パーティー客たちは口々に言うと、奥の階段のほうに注目した。

――ラッラ、ラマラマ、ラッラ、ラマラマ
耳慣れたあの歌が聞こえてきた。虹色のカーテンの向こうから、黄色い女ダンサーたちが次々と登場する。中央にはラマヌ・ジャスミンの姿がある。

――ラッラ、ラマラマ、ラッラ、ラマラマ
踊る女性たちに合わせ、歓声をあげて体を揺らすパーティー客たち。

――ラッラ、ラマラマ、ラッラ、ラマラマ、ラマヌジャーン
虹色のカーテンがさっと開く。現れたのは、白衣を着て、レンズの細長いサングラスをかけたあの男だった。

「ドクター・ピタゴラス！」

僕は叫んだが、パーティー客たちはこちらを振り返る様子もなく、歓声を送っている。

「聡明《そうめい》なる黒い三角定規、インド総支部の諸君。今宵《こよい》はお集まりいただき感謝する」

よく通る声だった。

「今宵は数学を見下してきた不届き者を処罰するすばらしい余興をお見せしよう。こ

れへ！」

──ラッラ、ラマラマ、ラッラ、ラマラマ
音もなく、天井が左右に割れる。その上から、ロープに吊り下げられたバスが下りてきた。このインド風のパーティー会場にまったく似つかわしくない、〈折芝観光〉のバスだった。中で眠っているのは、豚、羊、熊といった動物たち。

「用意せよ、あれを」

ドクター・ピタゴラスの号令により、今度は天井の上から〝ヴィマーナΣ〟が二台、太いホースのようなものを運んできた。それをぴたりと、バスの天井に設置する。

「注入、開始！」

合図とともに、ぶじゅううと不穏な音がして、バスの中に茶色いガスが注入されはじめる。動物にされた人質たちが咳き込んで目を覚ます。

「やめろっ！」

僕は人ごみをかき分けようとするけれど、

──ラッラ、ラマラマ、ラッラ、ラマラマ
あの音楽に合わせて、客人たちが妙なステップを踏んでいる。こっちに1歩進んだと思ったら、すぐこっちに4歩、背後に2歩進んだあと斜め右方向に8歩……

「早くしろよ武藤！」

「あっ……邪魔だ……」

すいすいと人々の足の間をすり抜けられるネズミ瀬島と違い、サルの僕はそのステップの不規則さに翻弄され、なかなかドクター・ピタゴラスのもとに進むことができない。

「武藤さん、私についてきてください」

ばさばさっと羽を動かし、ニワトリ渚が僕を先導する。彼女は、パーティー客たちのステップを完全に読んでいた。すっ、すっと、彼らのほうから道を空けているかのようだ。

「浜村さん、どうして動きがわかるの？」

「$\frac{1}{7}$です」

「ん？」

「小数にすると、0.142857142857……って、『142857』を繰り返すんです。分母が7の分数って面白くって、どうやってもこの六つの数の並びを繰り返すようになるんですよ。インドの人たちは分数の計算も得意で、特に分母が7のときは」

注意深く観察するとたしかに彼らの動きは、1歩、4歩、2歩、8歩、5歩、7歩を繰り返しているようだった。きっとこれも、インドの人たちの体に染みついてきた数の神秘なのだろう。

僕たちはついに、アメジストの階段にたどり着いた。

「ドクター・ピタゴラス！」

足元で叫ぶと、彼は僕たちを見下ろした。

「ほほう……来たか。見たまえ。君たちのもといた世界でも、今、あのバスと同じことが起きている」

バスの中はもう茶色で満たされ、動物たちの顔は見えない。

「今すぐやめるんだ。彼らをこんな目に遭わせてどうするつもりだ」

「君たちがもたもたしているからだよ。我々の求める教育指導要領をすぐに導入すればいいものを。彼らは今夜、犠牲になる。岐阜のつり橋の様子は中継されて全国に恐怖を与えるだろう」

クックックックックとドクター・ピタゴラスは狂気の含み笑いを見せた。

やはりこの男は、人の命などなんとも思っていないのだ。ニワトリ渚を振り返る。

彼女も泣きそうな目になっている。この世界では、サルとニワトリはあまりにも無力だ。

——ラッラ、ラマラマ、ラッラ、ラマラマ

ダンサーとラマヌ・ジャスミンはまだ踊り続けている。

僕たちは、人質を見殺しに……。

と、そのときだった。

どすん、と広間のどこかで何かが落ちるような大きな音がした。

Σ

音楽が止まる。遅れて、パーティー客たちのざわめき。

どすん、もう一度音がした。僕は見た。巨大な神像、ナマギリのうちの一体の右足が床を踏み鳴らしたのだ。

「バグか？」

ドクター・ピタゴラスがつぶやく。

その神像は、右足の先だけが動かせるようだった。首さえ動かせず、顔の表情は変わらない。だが、広間中の視線が自分に注がれているのを意識したように、足で妙なリズムをとりはじめた。

どすどす、どすどすどすどす、どすどすどすどすどすどすどす、どすどすどす、どすどすどすどすどすどす。

しーん、と静まる。

「2、4、4、6、4、6」

浜村渚は神像が足を踏み鳴らした数を整理し、「なんでしょうか?」と首をひねった。

「五十音を数字に表しているんじゃないか」

いつの間にか僕の足元に戻っていたネズミ瀬島が言った。

「『2、4』はカ行の4番目で『ケ』っていうように」

「でもそれなら『6』はおかしいよ」

僕が言うのと同時に、ナマギリはまた、足を鳴らす。『2726』と『1484』が提示された。

「何かの数学的な法則でしょうか」

ニワトリ渚はわからないようだった。

「244646……素因数分解すると、2と122323」

　ドクター・ピタゴラスもまた、真剣に考え始めた。

「半素数ですか」

「そうだな。特に面白いこともない数だ」

「二つにわけたらどうでしょうか。２４４と６４６」

　そろって知恵を出し合う二人。……いつもこうだ。浜村渚はテロリスト相手でも、数学を前にすると共に考えてしまう。たとえ相手が黒い三角定規の親玉でもそれは変わらなかった。

　ラマヌ・ジャスミンはといえば、音楽が止まってからまったく動かない。やはりグラフィックで作られた存在のようだった。

「２４４といえばまず思いつくのがチェビシェフ多項式だが」

「６４６のほうが違いますよ。それより６４６は２で割ると３２３になります。３２３は、17×19です」

「ふむ。双子素数の積か。とっかかりになりそうだ。次の双子素数は……」

　それにしてもこの二人、数を難しく捉《とら》えすぎだ。やっぱり「２４４６４６」とそのまま考えるのが正しい気がする。

　待てよ……この数、最近どこかで見たような。

２４４６４６……僕は目を閉じ、ここ数日のことを思い返す。

そして、ぱっとひらめいた。

「『にんじんしりしり』だ」

ニワトリ渚とドクター・ピタゴラスが同時に僕のほうを見た。

「なんですか、武藤さん」

「こないだ大山が言っていたやつだよ。２４４６４６は『にんじんしりしり《244646》』、２７２６は『ふーちゃんぷるー《2726》』。１４８４は……なんだっけ」

「『ひーじゃーじる《1484》』だ」

ネズミ瀬島が忌々《いまいま》しそうに言った。

「三つ足して『ふーちばー8じごろ《248856》』……なんで『ちゃんぷるー』の『ち』は7で、『ふーちばー』の『ち』は4なんだよ。統一しろ」

「君たちは何を言っているんだ？」

ドクター・ピタゴラスだけが不可解そうにしている。

「沖縄まんぷく定理ですよ」ニワトリ渚が答えた。「にんじんしりしりと、ふーちゃんぷるーと、ひーじゃーじるを食べたらお腹《なか》いっぱいになっちゃったから、『ちょっと食べるの休んで、ふーちばーじゅーしぃは8時ごろにしようかね』ってこと……なんだそうです」

よく正確に憶《おぼ》えている。そして、彼女の口から語られてもなお、意味がよくわからなかった。だけどわかることが一つある。どういうバグか知らないけれど、大山はこの世界にやってくるとき、あの巨大なナマギリ神像に姿を変えてしまい、足しか動かせない状況にあるらしい。

「くだらん！」

憤りをあらわにするドクター・ピタゴラス。

「数学は遊びではない。そんなことでは日本の教育水準はどんどん下がる一方だ」

「大山！」

ネズミ瀬島がナマギリ大山めがけて階段を駆け下りていく。ちょこちょこと壁をよじ上り、ロープをがじがじとかじって三本とも切った。

「足は動くのか？　バスの下に移動しろ」

どしん、どしんと左右に体を動かすようにして、ナマギリ大山はホールに入ってくる。パーティー客たちは恐れおののいて壁際に逃げた。やがてナマギリ大山はバスの真下に到達した。ネズミ瀬島はその頭のてっぺんに上っているけれど、あと数メートル届かない。

「くそっ!」

ネズミ瀬島が地団太を踏んだそのとき、ぐぐぐとナマギリの右腕が動いた。

「まさか……」

僕は目の前の光景に息をのむ。大山は頭の上のネズミ瀬島をつかむと、バスに向かって思い切り投げた。はっしとネズミ瀬島はバスにしがみつき、ちょこちょこと屋根に上り、がじがじがじとロープをかじり始める。

「あのネズミを止めろ!」

ドクター・ピタゴラスの号令でヴィマーナΣが五台飛んでくる。ネズミ瀬島はそれをひょいひょいと巧みに避けていく。そうこうしているうち、ヴィマーナΣの一台が誤ってロープを一本切断した。

「どうした下手くそ! お前たち、ずいぶん計算が苦手なようだな」

ネズミになっても、ミスをした相手への嫌味な挑発は変わらなかった。ヴィマーナΣは明らかに動きが乱れてきた。やがて前方二本のロープを残してすべてのロープが切られ、バスは後部を下にしてぶら下がる。ガスを注入していたホースはがくんと外れ、茶色いガスが会場に降りかかってきた。パーティー客たちが逃げ惑う。

「失敗だ」

ドクター・ピタゴラスはつぶやき、くるりと背を向けた。

「待て！」

僕が叫ぶのも聞かず、彼は光沢のあるカーテンの向こうに消えていく。

「待てって！」

現実世界ではないのだから、追いかけていっても彼を捕まえることができるとは限らない。でも、僕は追わなければならない。

「武藤さん！」

ニワトリ渚も、ついてきた。

$\sqrt{36}$ 教室

カーテンの中に入った次の瞬間――僕はひどく曖昧な空間にいた。

地面に足がついているわけでもない。かといって飛んでいるわけでもない。ゼリーの中を泳いでいるような、上も下も感じない空間だった。

目の前にぼんやりと、ひとつの光景が浮かんでくる。

川の見える丘の上に、ぼろぼろの身なりの少年が一人座っている。膝の上に小さな石板があり、チョークのようなもので必死に何かを計算している。違うと思えばそのぼろぼろの袖で数式を消し、また書く。そばをあひるの群れががあがあと鳴きながら通り過ぎる。

ふわりと風に吹かれた砂絵のようにその光景は消え、今度は青年が現れる。ちびた鉛筆で誰かに手紙を書いている。便箋には、びっしりと数式が……

「ラマヌジャンさんの人生みたいです」

浜村渚の声がした。あたりをきょろきょろするけれど、白いブラウス姿の彼女の姿も、ニワトリも見えなかった。ただ、闇の中に星座のように、無数の数式が輝いているだけだった。

顔を前に戻す。

イギリスの大学の風景になっていた。丸いレンズをかけたイギリス人教授と彼――ラマヌジャンは親しげに談笑している。食堂で、教室で、プライベートの空間で。

次のシーンは雨の街角だった。似合わないフロックコートを身にまとったラマヌジャンは傘もささず、どんよりとした暗い都会の街の石畳を歩いていく。

そして次は病院。布団に潜り、息苦しそうにしているラマヌジャン。数式のびっしり書かれた紙があたりに散らばっている。

再び、インドの光景。狭く薄暗い家のベッドに横たえられ、ラマヌジャンは汗びっしょりだ。その枕元で、サリーを着た二人のインド人女性が激しく言い争いをしている。若いほうはラマヌジャンの妻、年老いたほうはラマヌジャンの母だろうか。

やがてその光景もぼやけていき——後に残ったのは、まばゆいばかりの数式の光だった。

若い女性の声が聞こえる。外国語で何を言っているのかわからない。

たくさんの少年少女が、若い女性の声と同じことを繰り返す。

しばらくそれを聞いているうち、僕は郷愁的な気分になってきた。

九九かな、とふと思った。

はるか昔、小学校の教室で、「ごしにじゅう、ごごにじゅうご、ごろくさんじゅう」と、クラスメイトたちと声を合わせて唱えたことを思い出したのだった。

ふっ、と目を開けた。やはり教室だった。僕はワイシャツ姿の少年になり、いちばん後ろの席に座っている。

だが、日本の学校ではない。くすんだクリーム色の壁に貼られた紙には、見慣れないインドの文字が書かれている。小さい黒板の前に、ポロシャツ姿のインド人女性がいて、指揮棒のようなもので『17×18』といったような計算式を示している。

教室の生徒たちは、小学校三、四年生といったところだろうか。男女合わせて二十人ほどいて、みんなで声を揃《そろ》えてさっきの続きを唱えていた。

「傑出した才能ほど早くしてこの世から消えてしまう」

不意に右側からドクター・ピタゴラスの声がした。右隣の席に座っているのは、坊主頭の、顔の長い少年だった。

「悲しいものだな」

その少年の姿を借りて、ドクター・ピタゴラスは僕に話しかけているのだった。ラマヌジャンのことを言っているのは明らかだった。

「ラマヌジャンもかつては少年だった。こういう教室で学んでいたのだ。整数の概念、加減乗除の演算。数学を学ぶ第一歩。教育の原点がここにある」

生徒たちの声はまだ続いている。

「日本の政府はこの原点を奪った。子どもたちの未来を奪った。私たちの活動は子どもたちの未来を取り戻す正当な行為だ。誤った考えの者どもを排除しなければならない」

顔の長い少年は、僕のほうを向いた。

「私のロジックは間違っているかね？」

何と答えるべきか。僕は言葉の選択に戸惑っていた。

「間違っている、とはっきりは言えませんけど」

今度は僕の左側の席から声が聞こえた。見ると、そこにいたのは背の低い、栗《くり》のような輪郭のインド人少年だった。顔かたちはまったく似ていないけど、まとっている空気は浜村渚そのものだった。

「私はヤなんです」

「ヤとは？」

顔の長い少年が訊ねる。

「私は、数学が好きなんです。自分の好きなものが、人を傷つけるのが、ヤなんです」

顔の長い少年は口を結び、しばらく考えていた。だがやがて再び口を開く。

「君はそれでいいのか。教育から数学が消えたままの世界で。君だけでない。君の子どもも、その子どもも、永遠に数学を教えてもらえないのだぞ」

「私は、ラマヌジャンさんみたいな天才じゃないんで、すぐにぱっ、と答えを出すことはできません。ひとつひとつ積み重ねていって真実に近づいていくのが、私にはあってます」

「うまい逃げ口上だな」

逃げ口上──そうだろうか。僕にはそうは思えない。浜村渚の答えは、今、未来に向けて数学を愛し続ける中学生の、迷いのない答えに聞こえた。

「数学はコレクト、インコレクトのはっきりした学問だ。わが黒い三角定規の解が正しいに決まっている」

「決めつけられていたとしたら、ラマヌジャンさんは、天才になれたでしょうか」

「なんだと？」

顔の長い少年は意外そうに訊き返した。

「証明のない数学なんて全然ダメで価値がないんだって、ハーディーさんに決めつけられていたら、ラマヌジャンさんは活躍できなかったんです。あのすっごい数式の数々は誰にも知られないままだったんです」

「………」

「自分はテストの成績で決めつけられて生きてきた秀才なのに、証明のやり方を押し付けることなく、予想外の天才・ラマヌジャンさんの話をじっくり聞いてあげられたのが、ハーディーさんのいちばんステキな才能だと私は思うんです。『正しい・正しくない』がハッキリしているのは数学のいいところです。でも、『正しい・正しくない』を決めつけないのが、人間のいいところなんです」

顔の長い少年は、しばらく黙っていた。

「エレガントな解答とはいえないが、今回は及第点をあげるとしよう。タクシーを用意しておいた。教室を出たまえ」

僕は躊躇《ちゅうちょ》する。このまま教室を出ることは、彼を逃がすことだ。でもここは現実世界ではないから、彼を捕まえることはできない。

「早くしたまえ。このチャンスを逃すと、発散するぞ。君たちだけでなく、君たちの仲間も」

よくわからないが、とても恐ろしいことを言われている気がした。僕は立ち上がり、浜村渚の目をした少年とともに教室を出る。

ありえないことだけど、すぐに車道になっていた。後部ドアの開いた黒塗りの外国車が一台停《と》められていて、ナンバーには『1729』とあった。二人で乗り込むと、ドアはばたんと閉じた。

エンジンが始動する音がした。

「ははっ」

運転手の笑い声に、僕と浜村渚は顔を見合わせた。

「お客さん、どちらまで?」

こちらを振り返ったその顔は、キューティー・オイラー――本当に神出鬼没だ。

「武藤さん、渚ちゃん。私たちはやめないよ。誰が何といおうと、数学こそがすべての勉強の中で一番だと思うからね。数学を学校教育から消し、多くの理系人間に絶望を与えた日本政府許すまじ、だよ」

あどけなさの残る顔で、恐ろしいことを言ってのける。

「私たちの教育指導要領を認めるべきだよ。そうじゃなきゃ次は、たくさん死人が出る」

「まさか……」

「いざ行かん、恐怖のベクトルへ。絶対値記号は認めませーん。出発進行!」

フロントガラスのほうを向き、ハンドルを握ると、彼女は思い切りアクセルを踏んだ。タクシーは、ぐん、と急発進をした。

エピローグ

浜村渚はピンクのシャーペンで、さくらんぼノートに『Σ』を含むややこしい数式を書き続けている。僕と大山、瀬島は額を突き合わせてそれを眺めている。

「こういうふうに式を三つにわけるとですね、pが1に近づいていくとき、第一項は発散してしまうし、第三項は0に近づいていってしまいます。そうなると、有限値が確定しているのは第二項だけになって、えっと――」

さらさらとシャーペンを走らせ、最後に『−1/12』と書いた。

「はい、これで答えにたどりつきました」

例の、ラマヌ・ジャスミンが犯行声明で見せた『1+2+3+……=−1/12』という謎の式の解説だった。自分で書いた式を見て浜村渚はスッキリした顔をしているが、僕たち三人はさっぱりわからない。なんで正の整数をずっと足していくのに、答えがマイナスの分数になるのか。ラマヌジャンの頭の中も、浜村渚の頭の中も、いったいどうなっているのだろう。

「うう……」大山あずさに至っては頭をがりがりと掻《か》いていたかと思うと「ダメだ。

なんか、甘いものが食べたくなってきた」と、デスクに走ってチョコレートクッキーを持ってきた。

「それにしても、どこにいるんだよドクター・ピタゴラスの野郎は……」

瀬島は、浜村渚の計算などまるで見ていなかったかのように、ここ数日言い続けていることをまた繰り返した。


キューティー・オイラーのタクシー急発進のあと、僕はまた意識が遠くなってしまった。目が覚めたのは、どこかの河川敷《かせんじき》で、僕の横には浜村渚と瀬島が気を失って倒れていた。二人を起こし、土手をよじ登って通りがかった人に訊くと、荒川《あらかわ》だということがわかった。けっこう近場だったことに安心しつつ警視庁に戻ると、岐阜の土里犬谷の事件も解決していたことが判明した。

岐阜県警からの報告によると、その日の午後三時ごろ、突然ヴィマーナΣが数台でホース付きのタンクのようなものを運んできたかと思うと、バスの天井部分にホースを取り付け、内部にガスを注入し始めたという。有毒なガスだとわかった県警はドローン三台を飛ばして阻止しようとしたが、護衛部隊のヴィマーナΣにことごとく迎撃されてしまった。

なすすべなく見守っていたそのとき、隣のグレービーボートの中に寝ていた大山がむくりと起き上がり、何かを頭上に思い切り放ったというのだ。それは大山がお守りとして持っていたビリケンさんだったが、一度上空高くに上がったかと思うと、再び落下して、尖《とが》った頭がヴィマーナΣの一つに命中した。

翼を折られてバランスを崩したヴィマーナΣは谷底深く落下し、それをきっかけとして他のヴィマーナΣは暴走し、バスを吊り下げているワイヤーを次々と切っていった。前方二本のワイヤーだけで宙づりになったことにより、タンクのホースは外れ、バスの中からガスは漏れた。

県警はすぐに待機させていたヘリコプターを出動させて人質の救出にあたった。ヴィマーナΣはもう統率が取れなくなっており、ヘリコプターを襲ってくることはなかったというのだ。

僕たちがメタバースのインド世界で見ていたのと微妙にリンクするようなことが現実で起きていたことになる。やはり大山がナマギリになっていたのは、黒い三角定規にとっても不測の事態だったらしい。

それにしても、メタバースの中に人質を閉じ込めるなど前例のない犯罪だ。似たようなことが今後起きたらどうすればいいか……全国の警察では対策を求めて会議が開かれているらしい。

しかしそれより僕たちにとって重要なのは、ドクター・ピタゴラスの居場所だった。残されたVRゴーグルを分析したけれど、ドクター・ピタゴラスがどこでメタバース空間にアクセスしていたのか、まったく情報はつかめなかった。

——私たちの教育指導要領を認めるべきだよ。そうじゃなきゃ次は、たくさん死人が出る。

キューティー・オイラーの恐ろしいメッセージが、僕の中でぐるぐると回り続けている。

「ラマヌジャンさんはゼータ関数の新しい分野をたくさん切り開きました。それだけじゃなくて、リーマン予想の真偽にも迫ってるんです」

チョコレートクッキーのかすを口元につけたまま、浜村渚は目をキラキラさせて話し続けている。

「ハーディーさんの優しさがなかったら、ラマヌジャンさんの発見はいまだに、世に出ていなかったんですよ」

どんな天賦の才を与えられた者も、一人では「天才」になれないのかもしれない。

僕はなぜかそんなことを考えた。受け入れる周りの優しさもまた、必要なのだ。

「渚」

新しいクッキーに手を伸ばそうとする浜村渚に大山あずさが言った。

「食べすぎだって、もう四枚目だよ」

浜村渚はぱっちりと瞬きをした。

「ふーちばーじゅーしぃは、八時にしますか」

「渚、ふーちばー、食べられないでしょ」

「てか、ふーちばーってなんですか」

大山が笑う。瀬島は我慢していたが、こらえきれずに噴き出す。僕もそれを見て笑う。

本当にこんな、和やかな時間がずっと続いていればいいのに——

「おい！　武藤！　瀬島！　大山！」

竹内本部長の声が聞こえた。デスクで、ＰＣ画面を覗いて真っ青な顔をしている。

「新たな犯行声明がアップされたぞ！」

僕たちは急いで、ＰＣの前へと走る。画面に映し出されていたのは、キューティー・オイラー。

その衣装は——野球のユニフォームだった。

〈みなさんお待たせ、キューティー・オイラーだよ。e^xは私の永久欠番。どれだけ微分されても、鳴り物入りで復活するからね〉

背景は夜のスタジアムだった。満員の客席からは割れんばかりの歓声が轟《とどろ》いている。CGだろうけれど、リアルだった。

〈さあ、私の打席だ。かっとばすからね〉

「なんだこいつ、またふざけやがって」

瀬島は歯ぎしりでもしそうな顔つきだ。画面の中、キューティー・オイラーはヘルメットをかぶり、打席に立ってバットを構える。キャッチャーの背後から、その様子を見るアングルだ。

ピッチャーはキューティー・オイラーの表情をうかがっていたが、やがて大きく振りかぶってボールを放つ。キューティー・オイラーは思い切りスイングし、バットは見事にボールの軌道を捉える。キーンと気持ちのいい音がして、ボールは場外へと飛んでいく。

スコアボードの電光掲示板に現れる、二枚の三角定規が重なったマーク。その下にはこうメッセージがあった。

――congratulations 715号　また会おうね、M&N

野球と数学、何か関係があるのだろうか。

どんな事件が待っていようと、立ち向かっていくだけだ。僕は、決意を新たにした。

【続く】

おまけ　カプレカー定数

「武藤さん、なんでもいいので、四ケタの数を頭に思い浮かべてください」

ニワトリ渚は言った。僕は頭の中に、『1890』という数を思い浮かべる。

「うん。思い浮かべたよ」

「じゃあその四つの数を、大きい順に並べた数と、小さい順に並べた数を思い浮かべてください。同じ数があるときも二つ並べていいです」

「0があるときはどうすればいいかな」

「千の位を0にして、小さいほうは三ケタでいいです」

『9810』と、『189』ということだ。

「思い浮かべたよ」

「そうしたら、大きいほうから小さいほうを引いてください」

暗算に時間がかかった。『9621』だ。

「できたらまた、同じことをやるんです」

「えーと……」

大きいほうは『９６２１』、小さいほうは『１２６９』。大きいほうから小さいほうを引いて、『８３５２』だ。

「できた」

「もう一回、やってみてください」

大きいほうは『８５３２』、小さいほうは『２３５８』、引いた答えは……

「『６１７４』だ！」

僕は思わず叫ぶ。僕が適当に考えた四ケタの数から、シンプルな計算を繰り返しただけで、さっきナマギリの歯に書き込んだ番号が出てきたのだ。

「これ、どんな四ケタの数から始めても、必ず『６１７４』になるんですよ」

「本当に？」

「本当みたいだな」横でネズミ瀬島が言った。「俺は『１３５０』から始めたが、７回で『６１７４』になった」

「あれ、僕は３回で到達したけど」

「計算の回数はまちまちなんです。でも繰り返しているといつか必ず『６１７４』になるんです」

ニワトリ渚の解説を聞いていて、たしかに不思議だと思った。だけど、本当に不思議なのはここから先だった。

「武藤さん、瀬島さん。『6174』で同じことをやってみてください」

僕はネズミ瀬島と目を合わせて考えはじめる。大きいほうは『7641』、小さいほうは『1467』、引いた答えは……

「えっ？」

僕とネズミ瀬島は声を合わせた。『7641−1467＝6174』

「なんてことだ。『6174』を繰り返すじゃないか……」

ネズミ瀬島はほぼ恐れているような声だった。

シンプルな計算を繰り返すだけで『6174』というありふれたような数に必ずたどり着く。そしてその数は、同じ計算で、同じ数を繰り返す……インドというのは本当に、数の不思議に満ち溢れた地だ。

著者あとがき　やるじゃんラマヌジャン

みなさんこんにちは、青柳碧人《あおやぎあいと》です。二〇一九年に前巻を出してから実に四年ぶりの新刊となります。お待たせしてすみません。

この四年間といえば、新型コロナウイルスが世の中を席巻して大変なことになったわけですが、本作の刊行に時間がかかったのは、コロナにはあんまり関係ありません。他のシリーズや以前より約束している出版社さんの本の刊行などで後回し後回しになっているうちにどんどん時間が過ぎていってしまった、というのが正直なところです。

ただ、その間まったく進展がなかったわけではなく、二〇二一年末〜二〇二二年の年明けにかけて、なんと『ミュージカル　浜村渚《はまむらなぎさ》の計算ノート』の公演が実現しました！

このシリーズをずっと読んでくださっている方はおわかりと思いますが、『4さつめ』にミュージカルの回があるんですね。歌って踊って方程式を解く、というのを小説でやってしまった問題作で、刊行直後に「なんだこりゃ」という意見が多く聞かれた一方、『4さつめ』のミュージカル回がいちばん好きです！」というファンレターをもらうなど、まさに賛否両論だったわけですが、時が流れて本当にミュージカルになってしまうなんて、ゴルドバッハでも予想できなかったに違いありません。「数学×ミュージカル×ミステリ」というだけでも珍しいのに、クイズに、お笑いに、ブレイクダンスに、沖縄音楽……と楽しいものが詰め込めるだけ詰め込まれた、とても素敵な舞台でした。ファンの方々には、浜村渚のふだんの学校生活を垣間《かいま》見られるシーンがあったのが嬉しかったようです。数学を中心として、まるで中華料理店のターンテーブルのように、楽しいものが次から次へと目の前を流れていく……これはまさに、僕が「浜村渚」シリーズでやりたかったことだと思うのです。今回ご覧になれなかったみなさん、次のチャンスにぜひ、劇場に足をお運びください。

さて、小説のほうに話を移すことにしましょう。

二〇〇九年、このシリーズの一作目でデビューしたときのことです。自分の書いた作品が一冊の本になる——その過程の作業のひとつひとつが僕にとって初めての経験だったわけですが、ある日、担当編集者さんから「あらすじ」と「アオリ文句」の案が送られてきました。文庫本のカバーに書かれているあらすじ、オビや宣伝物に書かれているアオリ文句……あまり知られていないことですが、これらを考えるのは作家ではなく編集者さんなんですね。ただ、「これでいいですか？」という確認は作家も毎回やります。

あらすじとアオリ文句を読んだ僕は、「本当に自分の作品が本になるんだ」と感動した一方で、ん？　と思った部分がありました。主人公の浜村渚が、「天才数学少女」と表現されていたのです。

僕が引っかかったのは、「天才」という言葉でした。マスコミやインターネットではすぐに頭のいい人のことを「天才」と表現する傾向があり、当時の僕はそれがあまり好きではなく——平たく言えば「天才」という言葉がひどく安っぽく感じられていたのです。

天才というのは「天賦《てんぷ》の才」、つまり、他の人がどんなに努力しても得られない光るものを生まれながらに持っている一握りの人間のことです。浜村渚を「数学が好きな普通の女子中学生」として描きたかった僕は、「彼女は本来的な意味の『天才』ではないし、もちろん安っぽく『天才』と褒めてもらいたくもないので、『天才数学少女』という言葉を使わないでください」と編集者さんに返信メールを送り、この願いは聞き入れられました。

今になって振り返れば生意気なことをしたなあ……と顔が赤くなりますが、それからも基本的に考えは変わっておらず、シリーズを通じて浜村渚を「天才」と表現したことは、たぶんないはずです（天才的、はあったかもしれませんが）。

そして今回、ずっと貫いてきたその方針は正しいことが確信できました。本当の「天才」のことをテーマに書くことができたからです。

ラマヌジャン。――アルキメデスやニュートン、ガウスに比べて知名度が高いとは言えないこのインドの数学者の生涯については、いつか浜村渚の口から伝えたいなあとずっと思っていました。いわばこのシリーズにおいて「天才」という言葉は彼のためにとっておいたと言ってもいいのです。

その常人離れしたエピソードの数々は作中でも語られたとおりです。もっと詳しい伝記が何冊かありますので興味がわいた方はぜひそちらをご参照いただきたく思います。

天才ならではの発想、天才ならではの悲哀と苦悩、そしてそんな天才を天才たらしめた、周囲の人々のやさしさ――ラマヌジャンという数学者について考えるとき、「天才もまた、人間なのだ」といつも思うのです。だからこそラマヌジャンの物語は、百年近くたっても僕たちの心を震わせるのでしょう。

ここ最近、ＡＩ技術の進化は目覚ましく、今、人間がやっている仕事のほとんどはそのうちＡＩに取って代わられると言われています。これからの世の中、「それって本当に人間がやる意味がありますか？」という疑問を僕たち人間は常に持ち続けなければなりません。ラマヌジャンほどの発想力があるなら別ですが、僕は果たして数年後、ＡＩより面白い小説を書いていられるのでしょうか。

好きなことを何があっても好きでいること。「浜村渚」シリーズのテーマの一つであるこのことは、ＡＩ時代の人間の生き方を模索するヒントの一つなのかもしれないと、今思っています。

これからも考えながら書いていきます。皆さんも一緒に、考えていきましょう。

それでは今回はここまで。また次の作品でお会いしましょう。

今日よりちょっと面白い未来へ。Have a nice math.

二〇二三年、夏　青柳碧人

参考文献

・『古代中学数学「九章算術」を楽しむ本』(孫栄健編・著/言視舎/二〇一六年)
・『数学の真理をつかんだ25人の天才たち』(イアン・スチュアート著、水谷淳訳/ダイヤモンド社/二〇一九年)
・『ニュートン 式超図解 最強に面白い!! ベクトル』(和田純夫監修/ニュートンプレス/二〇二一年)
・『数の世界 自然数から実数、複素数、そして四元数へ』(松岡学/講談社ブルーバックス/二〇二〇年)
・『カンタン電卓操作術』(TAC電卓研究会/TAC出版/二〇一四年)
・『無限の天才』(ロバート・カニーゲル著、田中靖夫訳/工作舎/一九九四年)
・『ラマヌジャン探検 天才数学者の奇蹟をめぐる』(黒川信重/岩波書店/二〇一七年)
・『インド人教師が使っている本物のインド式数学の本』(ヴァーリ・ナーセ著、中村三千恵訳/二見書房/二〇〇七年)
・『ゼロからわかるインドの数学』(牧野武文著、ヴィバウ・カント・ウパデアーレ、門倉貴史監修/白夜書房/二〇〇七年)

・「数学に関する質問とその背景の数学」（竹野茂治／二〇一六年）
http://takeno.iee.niit.ac.jp/~shige/math/koushin/data/text1-2016.pdf

解説「青柳碧人先生へ感謝を込めて」

ソーラ（Sorcha1011）
あかがみんクラフトメンバー／YouTuber

ソーラと申します。「誰？」って感じだと思いますが、青柳碧人先生原作、矢崎《やざき》えり先生作画のマンガ『あかがみんは脱出できない』（講談社・月刊少年マガジン連載中）の登場人物の一人です。というか、YouTuber赤髪のともをリーダーとするあかがみんクラフトの理系担当メンバー（自称）です。

青柳先生との出会いは、われらがあかがみんクラフトをマンガにするという企画が発端でした。その原作を青柳先生が書いてくださると伺い、先生の代表作を読んでおきたいと、さっそく『浜村渚の計算ノート』を読み始めました。あっというまに夢中になって、シリーズ11冊をいっきに読んでしまいました。ハマりすぎてもう一回最初から読んだほどです。もっと早くに出会っていたかったです。

　ご存じのようにこのシリーズの第一巻の第一話は長野県が舞台です。長野県在住の私はそれだけでちょっとウキウキでした。数学のお題は4色問題（または4色定理）です。平面上のどんな地図でも4色あれば隣り合った領域と重ならないで塗り分けられるという定理。証明済みなので「定理」なのですが、以前この定理が私たちの活動舞台である、あかがみんクラフトの動画*で話題になったことがありました。なんと、われらがリーダー赤髪のともさんは、「そんなはずない、絶対4色じゃ塗れない地図を俺なら作れる」と宣言、この問題に挑み、すぐに挫折、というエピソードでした。
　ところで長野県は8つの県に接するので、一瞬「4色で足りる？」と思う人もいるかもしれませんが、実は3色で足ります（余談）。
　いきなりこんなに身近な話題から始まったこともあって、すぐに青柳先生の世界に引き込まれてしまいました。あっ、それと黒い三角定規はいつもフリーの動画サイトZeta Tubeでコンタクトしてくるのでしたよね、そこも私たちと一緒？（笑）
　さて、浜村渚さんですが、可愛いのに数学の知識が凄《すご》すぎて誰もついていけないほどの天才少女です。天才なのにお高くとまるところもなくて、数学以外はただの優しい中学生。もし本当に浜村渚さんがいるなら、ぜったいお友達になって、ずっと数学の話を聞いていたい、と思うような女の子です。私、国語とか理科が得意だから、宿題を手伝います。瀬島さんみたいな意地悪は決して言いません。

地球上には有限な数の人しか住んでいませんから、浜村渚さんと同じような中学生がいる確率は極めて低いですが、もし宇宙が無限で、無限の数の星があるとすれば、宇宙のどこかに浜村渚がいる確率は1になります、といっても会える確率はほぼ0ですけれど……。

渚さんの推《お》しが、数学、オイラー、フェルマー、素数（ちょっとまって、オイラーもフェルマーも素数も全部数学なんですけど！　って思わずツッコみましたが）と聞けば、たいていの数学好きは、「そうだよね、やっぱりそうだよね！」と言うと思うのです。数々の数学テロ事件で、渚さんがテロリストにいう一言、もうかっこよくてかっこよくて痺《しび》れます。

毎回、次はどんな数学のお題なのかな、と期待に胸を膨らませて、渚さんの説明に胸を躍らせて読みふけってきました。知っているお題のときは、武藤さんや瀬島さんの反応に、「違うんだよね〜」と少し優越感を覚えながら、知らないお題のときには、大山さんや錦部さんのように、「え？　違うの？」とうろたえながら、渚さんの解説に聞き入りました。

読んでいると、私自身が中学生のときはどんなだったかな、などと考えてしまうこともあります。第二巻のエピソードlog10に出てくるルービックキューブに、私も一時夢中になっていました。昔父が買ったものらしいのですが、祖父母の家に遊びに行ったときに偶然見つけました。始めたら難しくてどんどん色がばらばらになってしまい、父に解き方を聞いても、もう忘れちゃったよ、と笑うばかり。何か法則があるんじゃないかとあれこれ試して、メモを取りながら、何日か頑張ったところ、最終的には15分ぐらいでなら全色そろえられるようになりました。

渚さんは、じっとルービックキューブを見つめてから手に取っていっきに色をそろえちゃうという技を披露《ひろう》していました。それは、まさにインターネットで見たことがあるこのパズルの天才たちのやり方です。私のは、瀬島さんのナンバープレイスよろしく一段ずつ揃《そろ》えるやり方ですけど……。

立体パズルも数学の問題に還元できることを知ったのはずっと後、大学に入ってからのこと。しかし、中学生の頃の懐かしいルービックキューブの思い出に出会えたのも、私と同じく渚さんが中学生で初めてルービックキューブを知ったことも、勝手に絆《きずな》のように感じています。

そういえば定規とコンパスによる角の三等分線問題が、7さつめ「log100. 不可能彫刻の森」に出てきます。もしできたら数学上の革命だと、中学のときの数学の先生が言ったので、何時間もコンパスをぐるぐる回し、定規を当て、紙を何枚もつかって挑戦し、結局挫折しました（当たり前ですけど笑）。L字形定規を使えばできる、というのを見て、目からうろこでした。渚さんは一種のズルだと言っていましたけど、面白いし十分すごいことです。

数学以外の場面での渚さんは、ときどき漢字の読みなどでとんちんかんなことを口走って、そこがまたとっても可愛いんです。そして、同級生たちとの会話はまだまだ中学生で、微笑《ほほえ》ましくて、中学時代や高校時代のお友達をつい思い浮かべて、皆どうしてるのかな、などと考えてしまいました。類は友を呼んでしまって、皆数学や理系科目の得意な女の子たちでした。女性は数学が苦手だなんて、絶対に嘘です。

渚さんの周りの登場人物、もちろん語り部の武藤さんを始め、瀬島さん、大山さん、錦部さん、鑑識の尾財さんなどなど、皆極めて個性的なメンバーがこの物語をさらに盛り上げてくれます。その個性や特技を活かして、しっかりと事件の解決に役立っているというところも好きです。最初はちょっといやなやつと思った瀬島さんでさえ、だんだんその言動が可愛く思えてきました。

この物語のもう一つの重要な要素はもちろん黒い三角定規です。日本の教育から数学や理系の科目を排除すると決定した政府に対して、手段を択《えら》ばずにそれらの科目の復活を迫るテロリスト集団です。黒い三角定規のメンバーは、数学あるいは数学を駆使する科学や工学の専門家たちで、それぞれの得意分野ではきわめてまれな才能を発揮します。しかし、彼ら彼女らの専門への過度な傾倒とこだわりが、最大の弱点にもなってしまっています。その弱点を渚さんが突くことで事件は解決に向かいます。大立ち回りをするわけでもなく、数学への愛に満ちた思いを、淡々と優しく語りかけるという、彼女にしかできない方法で。

物語には、エピソードの主題だけでなく、数学に関する小ネタもちりばめられていて、そういう小ネタぐらいだと私でもわかる時があって、それはそれでひそかな楽しみなんです。

実を言うと、浜村渚の計算ノートを読むときは、紙とペンを用意して読んでいました。先に計算して、渚さんの解答で答え合わせをするときもあるし、ぜんぜんわからなかったときは、後で自分でやってみて、そうなるんだ！　と感心してみたり……。ベッドで読んでいても、むっくり起き上がって机に向かってしまったことが何度もありました。

今回の10さつめ、シリーズでは12番目の本になります。log10からlog10000のすべてのエピソードについて書きたいのですが、ここではあえて最後のひとつだけにします。このエピソードには個人的な思い入れがあるのです。

log10000に登場するラマヌジャンは、インド出身の数学者でケンブリッジ大学でその才能を見出されました。私は、実は語学留学で英国のケンブリッジ市に1年住んでいました。ラマヌジャンが活躍したケンブリッジ大学トリニティ・カレッジは16世紀に建てられた荘厳な建物と、美しい芝生に覆《おお》われたいくつかの中庭で構成されています。本当は大学関係者以外は入場料を支払わないと入ってはいけません。しかし、ヘルメットを被って自転車に乗っていれば学生とみなされて門でとがめられることもないので、何回も中を通りました。

そこはアイザック・ニュートンやスティーブン・ホーキングといった超有名な博士たちがいた場所でもあります。カレッジの中庭、グレート・コートの石畳をラマヌジャンと彼を見出したハーディーが並んで歩いていたのかなあ、なんて感慨にふけってしまいます。ラマヌジャンの物語は『奇蹟がくれた数式』という映画になっています。映画はトリニティ・カレッジで撮影されていますから、ご興味のある人はぜひ観てください。真実を求める人はどこの人でも受け入れるこの街、この大学だから、ラマヌジャンも活躍できたのだと思うと、一瞬ですが、その街の空気を吸うことができたことに、感謝しています。

このエピソードの最後に渚さんが言う、「決めつけられていたとしたら、ラマヌジャンさんは、天才になれたでしょうか」という問い。私はラマヌジャンのような天才にはなれませんが、ハーディーさんのように、決めつけず受け入れる人、になりたい。そうなれるように努力をしていきたいと思うのです。

私の誕生日は10月11日なのですが、2023年の誕生日、すなわち、20231011は素数になるんです！　今年はきっといいことがあるんだと、数年前から思ってきたのですが、それは青柳先生に出会い、『浜村渚の計算ノート』の「解説」を書かせていただくことになったことに間違いありません！　本当に心からありがとうございます。

最後に、青柳先生、私ちゃんと「あかがみんは脱出できない」第一話の算数の夏休みの宿題（なぜか大学レベル！）解きました。

＊YouTube【あかがみんクラフト】classic　#44

本書は文庫書下ろし作品です。

|著者|青柳碧人　1980年、千葉県生まれ。早稲田大学クイズ研究会出身。2009年『浜村渚の計算ノート』で第3回「講談社Birth」小説部門を受賞してデビュー。一躍人気となりシリーズ化される。「ヘンたて」シリーズ（ハヤカワ文庫JA）、「ブタカン！」シリーズ（新潮文庫nex）、「西川麻子」シリーズ（文春文庫）、「霊視刑事夕雨子《ゆうこ》」シリーズ（講談社文庫）などシリーズ作品多数。'20年『むかしむかしあるところに、死体がありました。』（双葉文庫）で本屋大賞ノミネート。近著に『怪談青柳屋敷』（双葉文庫）などがある。

浜村渚《はまむらなぎさ》の計算《けいさん》ノート　10さつめ　ラ・ラ・ラ・ラマヌジャン

青柳碧人《あおやぎあいと》

講談社文庫

定価はカバーに
表示してあります

2023年９月15日第１刷発行

発行者──髙橋明男
発行所──株式会社　講談社
東京都文京区音羽2-12-21　〒112-8001
電話　出版（03）5395-3510
　　　販売（03）5395-5817
　　　業務（03）5395-3615

KODANSHA

デザイン─菊地信義
本文データ制作─講談社デジタル製作
印刷───中央精版印刷株式会社
製本───中央精版印刷株式会社

Printed in Japan

ISBN978-4-06-533095-1

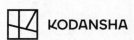

講談社文庫刊行の辞

二十一世紀の到来を目睫に望みながら、われわれはいま、人類史上かつて例を見ない巨大な転換期をむかえようとしている。

世界も、日本も、激動の予兆に対する期待とおののきを内に蔵して、未知の時代に歩み入ろうとしている。このときにあたり、創業の人野間清治の「ナショナル・エデュケイター」への志を現代に甦らせようと意図して、われわれはここに古今の文芸作品はいうまでもなく、ひろく人文・社会・自然の諸科学から東西の名著を網羅する、新しい綜合文庫の発刊を決意した。

激動の転換期はまた断絶の時代である。われわれは戦後二十五年間の出版文化のありかたへの深い反省をこめて、この断絶の時代にあえて人間的な持続を求めようとする。いたずらに浮薄な商業主義のあだ花を追い求めることなく、長期にわたって良書に生命をあたえようとつとめるところにしか、今後の出版文化の真の繁栄はあり得ないと信じるからである。

同時にわれわれはこの綜合文庫の刊行を通じて、人文・社会・自然の諸科学が、結局人間の学にほかならないことを立証しようと願っている。かつて知識とは、「汝自身を知る」ことにつきていた。現代社会の瑣末な情報の氾濫のなかから、力強い知識の源泉を掘り起し、技術文明のただなかに、生きた人間の姿を復活させること。それこそわれわれの切なる希求である。

われわれは権威に盲従せず、俗流に媚びることなく、渾然一体となって日本の「草の根」をかたちづくる若く新しい世代の人々に、心をこめてこの新しい綜合文庫をおくり届けたい。それは知識の泉であるとともに感受性のふるさとであり、もっとも有機的に組織され、社会に開かれた万人のための大学をめざしている。大方の支援と協力を衷心より切望してやまない。

一九七一年七月

野間省一

講談社文庫　目録

講談社文庫　目録

五木寛之　狼のブルース
五木寛之　海峡物語
五木寛之　風花のひと
五木寛之　鳥の歌(上)(下)
五木寛之　燃える秋
五木寛之　真夜中の望遠鏡〈流されゆく日々'78〉
五木寛之　ナホトカ青春航路〈流されゆく日々'79〉
五木寛之　旅の幻燈
五木寛之　他力
五木寛之　こころの天気図
五木寛之　新装版 恋歌
五木寛之　百寺巡礼　第一巻　奈良
五木寛之　百寺巡礼　第二巻　北陸
五木寛之　百寺巡礼　第三巻　京都Ⅰ
五木寛之　百寺巡礼　第四巻　滋賀・東海
五木寛之　百寺巡礼　第五巻　関東・信州
五木寛之　百寺巡礼　第六巻　関西
五木寛之　百寺巡礼　第七巻　東北
五木寛之　百寺巡礼　第八巻　山陰・山陽

五木寛之　百寺巡礼　第九巻　京都Ⅱ
五木寛之　百寺巡礼　第十巻　四国・九州
五木寛之　海外版　百寺巡礼　インド1
五木寛之　海外版　百寺巡礼　インド2
五木寛之　海外版　百寺巡礼　朝鮮半島
五木寛之　海外版　百寺巡礼　中国
五木寛之　海外版　百寺巡礼　ブータン
五木寛之　海外版　百寺巡礼　日本・アメリカ
五木寛之　青春の門　第七部　挑戦篇
五木寛之　青春の門　第八部　風雲篇
五木寛之　青春の門　第九部　漂流篇
五木寛之　親鸞　青春篇(上)(下)
五木寛之　親鸞　激動篇(上)(下)
五木寛之　親鸞　完結篇(上)(下)
五木寛之　五木寛之の金沢さんぽ
五木寛之　海を見ていたジョニー 新装版
井上ひさし　モッキンポット師の後始末
井上ひさし　ナイン
井上ひさし　四千万歩の男　全五冊

井上ひさし　四千万歩の男　忠敬の生き方
池波正太郎　私の歳月
井上ひさし・司馬遼太郎　新装版 国家・宗教・日本人
池波正太郎　よい匂いのする一夜
池波正太郎　梅安料理ごよみ
池波正太郎　わが家の夕めし
池波正太郎　新装版 緑のオリンピア
池波正太郎　新装版 殺しの四人〈仕掛人・藤枝梅安(一)〉
池波正太郎　新装版 梅安蟻地獄〈仕掛人・藤枝梅安(二)〉
池波正太郎　新装版 梅安最合傘〈仕掛人・藤枝梅安(三)〉
池波正太郎　新装版 梅安針供養〈仕掛人・藤枝梅安(四)〉
池波正太郎　新装版 梅安乱れ雲〈仕掛人・藤枝梅安(五)〉
池波正太郎　新装版 梅安影法師〈仕掛人・藤枝梅安(六)〉
池波正太郎　新装版 梅安冬時雨〈仕掛人・藤枝梅安(七)〉
池波正太郎　新装版 忍びの女(上)(下)
池波正太郎　新装版 殺しの掟
池波正太郎　新装版 抜討ち半九郎
池波正太郎　新装版 娼婦の眼
池波正太郎　近藤勇白書(上)(下)〈レジェンド歴史時代小説〉

講談社文庫　目録

井上　靖　楊貴妃伝
石牟礼道子　新装版 苦《く》海《がい》浄《じょう》土《ど》〈わが水俣病〉
いわさきちひろ　ちひろのことば
いわさきちひろ／松本　猛　いわさきちひろの絵と心
いわさきちひろ／絵本美術館編　ちひろ・子どもの情景〈文庫ギャラリー〉
いわさきちひろ／絵本美術館編　ちひろ・紫のメッセージ〈文庫ギャラリー〉
いわさきちひろ／絵本美術館編　ちひろの花ことば〈文庫ギャラリー〉
いわさきちひろ／絵本美術館編　ちひろのアンデルセン〈文庫ギャラリー〉
いわさきちひろ／絵本美術館編　ちひろ・平和への願い〈文庫ギャラリー〉
石野径一郎　新装版 ひめゆりの塔
今西錦司　生物の世界
井沢元彦　義経幻殺録
井沢元彦　光と影の武蔵〈切支丹秘録〉
井沢元彦　新装版 猿丸幻視行
伊集院　静　乳房
伊集院　静　遠い昨日
伊集院　静　夢は枯野を〈競輪躁鬱旅行〉
伊集院　静　野球で学んだこと　ヒデキ君に教わったこと
伊集院　静　峠の声

伊集院　静　白秋
伊集院　静　潮流
伊集院　静　冬の蜻蛉《とんぼ》
伊集院　静　オルゴール
伊集院　静　昨日スケッチ
伊集院　静　あづま橋
伊集院　静　ぼくのボールが君に届けば
伊集院　静　駅までの道をおしえて
伊集院　静　受け月
伊集院　静　坂の上のμ〈野球小説アンソロジー〉
伊集院　静　ねむりねこ
伊集院　静　新装版 三年坂
伊集院　静　お父やんとオジさん(上)(下)
伊集院　静　ノボさん〈小説 正岡子規と夏目漱石〉(上)(下)
伊集院　静　機関車先生〈新装版〉
いとうせいこう　我々の恋愛
いとうせいこう　「国境なき医師団」を見に行く
いとうせいこう　「国境なき医師団」をもっと見に行く〈ガザ、西岸地区、アンマン、南スーダン、日本〉
井上夢人　ダレカガナカニイル…

井上夢人　プラスティック
井上夢人　オルファクトグラム(上)(下)
井上夢人　もつれっぱなし
井上夢人　あわせ鏡に飛び込んで
井上夢人　魔法使いの弟子たち(上)(下)
井上夢人　ラバー・ソウル
池井戸　潤　果つる底なき
池井戸　潤　架空通貨
池井戸　潤　銀行狐
池井戸　潤　仇敵
池井戸　潤　空飛ぶタイヤ(上)(下)
池井戸　潤　鉄の骨
池井戸　潤　新装版 銀行総務特命
池井戸　潤　新装版 不祥事
池井戸　潤　ルーズヴェルト・ゲーム
池井戸　潤　半沢直樹1〈オレたちバブル入行組〉
池井戸　潤　半沢直樹2〈オレたち花のバブル組〉
池井戸　潤　半沢直樹3〈ロスジェネの逆襲〉
池井戸　潤　半沢直樹4〈銀翼のイカロス〉

池井戸 潤 花咲舞が黙ってない〈新装増補版〉
池井戸 潤 ノーサイド・ゲーム
池井戸 潤 新装版 BT'63 (上)(下)
石田衣良 LAST[ラスト]
石田衣良 東京DOLL
石田衣良 てのひらの迷路
石田衣良 40《フォーティ》 翼ふたたび
石田衣良 sex
石田衣良 逆《さか》島《しま》断《たつ》雄《お》〈進駐官養成高校の決闘編1〉
石田衣良 逆島断雄〈進駐官養成高校の決闘編2〉
石田衣良 逆島断雄〈本土最終防衛決戦編1〉
石田衣良 逆島断雄〈本土最終防衛決戦編2〉
石田衣良 初めて彼を買った日
井上荒野 ひどい感じ—父・井上光晴
稲葉 稔 椋鳥の影〈八丁堀手控え帖〉
伊坂幸太郎 チルドレン
伊坂幸太郎 サブマリン
伊坂幸太郎 魔王〈新装版〉
伊坂幸太郎 モダンタイムス(上)(下)〈新装版〉

伊坂幸太郎 PK〈新装版〉
絲山秋子 袋小路の男
石黒 耀 死都日本
石黒 耀 忠臣蔵異聞〈家老 大野九郎兵衛の長い仇討ち〉
犬飼六岐 筋違い半介
犬飼六岐 吉岡清三郎貸腕帳
石川大我 ボクの彼氏はどこにいる?
石松宏章 マジでガチなボランティア
伊東 潤 国を蹴った男
伊東 潤 峠越え
伊東 潤 黎明に起《た》つ
伊東 潤 池田屋乱刃
石飛幸三 「平穏死」のすすめ〈口から食べられなくなったらどうしますか〉
伊藤理佐 女のはしょり道
伊藤理佐 また! 女のはしょり道
伊藤理佐 みたび! 女のはしょり道
石黒正数 外《げ》天《てん》楼《ろう》
伊与原 新 ルカの方《はこ》舟《ぶね》
伊与原 新 コンタミ 科学汚染

稲葉圭昭《よしあき》 恥さらし〈北海道警 悪徳刑事の告白〉
稲葉博一《ひろいち》 忍者烈伝
稲葉博一 忍者烈伝ノ続
稲葉博一 忍者烈伝ノ乱〈天之巻〉〈地之巻〉
伊岡 瞬 桜の花が散る前に
石川智健 エウレカの確率〈経済学捜査と殺人の効用〉
石川智健 60《ロクジュウ》〈誤判対策室〉
石川智健 20《ニジュウ》〈誤判対策室〉
石川智健 第三者隠蔽機関
石川智健 いたずらにモテる刑事の捜査報告書
井上真偽《まぎ》 その可能性はすでに考えた
井上真偽 聖女の毒杯〈その可能性はすでに考えた〉
井上真偽 恋と禁忌の述語論理《プレディケット》
泉 ゆたか お師匠さま、整いました!
泉 ゆたか お江戸けもの医 毛玉堂
泉 ゆたか 玉《たま》の輿《こし》猫〈お江戸けもの医 毛玉堂〉
伊兼源太郎 地検のS
伊兼源太郎 Sが泣いた日〈地検のS〉
伊兼源太郎 Sの幕引き〈地検のS〉

講談社文庫 目録

2023年6月15日現在